書下ろし長編時代小説

流星刀夢しずく

睦月影郎

コスミック・時代文庫

この作品はコスミック文庫のために書下ろされました。

目次

第一章　夢の世界にて筆下ろし

一

「何だ、お前は、こんな山の中を。木剣《ぼっけん》を差した怪しい奴め！」

甚介《じんすけ》が青梅《おうめ》山中を進んでいると、突然三人の武士に取り囲まれた。みな若いが立派ななりをしているので、おそらくは、薩長《さっちょう》が西から攻め込んでくるのを警護している幕臣であろう。

「い、いえ、私は近在の百姓で甚介と申します。この奥に刀鍛冶《かたなかじ》がいると聞き、一振り購《あがな》おうかと……」

「なに、百姓の倅《せがれ》が刀を買って何とする」

「武士になるのが夢でございましたので、この時節、幕軍に加えて頂こうかと」

甚介が必死の面持《おもも》ちで言うと、若侍たちは鼻で笑った。

「そうか、ならばその木剣を抜け。腕を見てやろう」

一人が言い、腰を落として鯉口《こいぐち》を切った。

「それ、懐の金が重ければ預かってやるぞ」

別のものが言い、迫ってきたので甚介は後ずさった。

「ま、まだ山で勝手に木を叩いているだけですので、剣の腕など……」

「腕などどうでも良い。武士になりたいという気概《きがい》を見てやろうというのだ。さあ抜け！」

からかうつもりだろうが、三人がスラリと抜刀すると、甚介は今にも腰が抜けそうになった。

「どうした。さあ、かかってこい」

三人が間合いを詰めてくると、そのとき甚介の後ろから草を踏む音が聞こえてきた。

「何だ、女……！」

動きを止めた三人が視線を向けて言ったので、甚介も思わず振り返った。

立っていたのは、白い衣《ころも》に袴姿《はかますがた》、長い髪の若く美しい女で、腰には脇差を帯びていた。

「私は、その刀鍛冶の天堂美百合《てんどうみゆり》と申します。未熟なものを三人がかりとは見苦しい。代わりに私がお相手致しましょう」

美百合と名乗った女が、いきなり甚介の腰にあった木剣を抜き取ると、連中に向かって身構えた。

それは甚介が山から切ってきた木を鉈《なた》で削って作った、ただの棒きれである。それでも山中で木を叩いて稽古《けいこ》に励み、手垢《てあか》の付いた柄《つか》はすっかり馴染《なじ》んでいたが、三人の武士に敵《かな》うはずもない。

しかし甚介は、この神秘の雰囲気のある美女に魅《み》せられ、身動き出来ず成り行きを見守るばかりだった。

「ほう、見苦しいと抜かしたな。ならば我らを倒してみせい」

三人はいきり立ったが、まだ頬には笑みを浮かべていた。甚介の金と、美百合の肉体まで手に入れようという欲が湧いたのだろう。

「御免《ごめん》」

美百合は短く言うなり素早く間合いを詰め、正面の男の水月《すいげつ》に切っ先をめり込ませた。

「むぐ……！」

男が白目を剥《む》いて呻《うめ》き、両膝を突いた。

「こ、この女……」

左右の二人が驚きに目を見開いて攻撃を繰り出したが、それより数倍もの速さで美百合は籠手《こて》を叩き、返す刀で脾腹《ひばら》に物打ちを食い込ませていた。

「く……！」

たちまち三人は顔を歪めて呻き、籠手を打たれた男は刀を取り落としそうになるのを懸命に堪《こら》えた。

「さあ、引き上げ時でしょう。それとも歩けなくなるまで戦いますか」

「お、覚えておれ……！」

美百合が涼しげな表情で言うと、三人は肩を貸し合い、納刀の余裕もなく足早に立ち去っていった。足音が遠ざかり、美百合が甚介の帯に木剣を差し戻すと、ようやく彼も我に返った。

「甚介さんと言いましたね。庵《いおり》はすぐそこですので、どうぞ」

「は、はい……」

言われて、甚介は胸を高鳴らせながら答え、彼女に従って森を進んでいった。

美百合の美貌と強さは、この世のものではないような気がしたものだった。

三人の武士を相手に戦い、息一つ切らしていないが、先を行く彼女からは甘くかぐわしい匂いが漂っていた。

その刺激が鼻腔《びこう》から股間に響き、甚介は激しく勃起してきてしまった。

やがて少し歩くと森が開け、小さな一軒家が見えてきた。屋根には先日来の雪が残り、近くからは小川のせせらぎが聞こえていた。

何やらここだけ、すでに春が来ているような明るささえ感じられた。

「さあ、中へ」

言われて、甚介が入ると、中は暖かかった。竈《かまど》には火があり、作業途中の刀もあり、それにほのかに甘い女の匂いも混じっていた。

上がると、美百合が鉄瓶《てつびん》の湯で茶を入れてくれた。

「ここに鍛冶場があるという噂《うわさ》は、本当だったのですね……」

「ええ、師匠の夢刀斎《むとうさい》は亡くなりました。今は弟子の私がここを」

「そうでしたか……」

甚介は、そうした噂を聞いてここまで訪ねて来たのである。

「なぜ武士になりたいのです？」

美百合が訊いてきた。

慶応《けいおう》四年（一八六八）一月半ば。

昨年秋に大政奉還《たいせいほうかん》、明けて一月三日に鳥羽《とば》伏見《ふしみ》の戦いがあり、薩長軍の前に幕軍は敗退。この年の四月には江戸開城、そして九月には年号が明治《めいじ》と変わることになる。

甚介は五男坊の十八歳で、長兄が嫁をもらって子が出来ると家が手狭になり、まして貧農では食っていくことも出来ない。

江戸へ出て奉公するのが真っ当な道であったが、何しろ甚介は武士への憧《あこが》れが強かった。

調布《ちょうふ》や日野《ひの》出身で、元は百姓の出だったという近藤勇《こんどういさみ》、土方歳三《ひじかたとしぞう》の両雄が京都の新選組《しんせんぐみ》で名を上げ、この一月には大坂から軍艦で江戸に戻り、武士や百姓を問わず幕軍に加わるよう人を求めていると聞く。

幼い頃からの百姓仕事で身体は丈夫だし、行商人が持ってきてくれる書物にも親しんで学問も好きだった。

特に名を成したいという野心などはないが、公方《くぼう》様のお役に立つため、何か自分に出来ることはないかと日々思っていたのである。まさに天領、つまり幕府の管轄領の農民ならではの意気込みであった。

そうした彼の話を、美百合はじっと聞いていた。

話を終えると、つい彼女の輝くような美貌に目がいってしまい、また股間が熱くなってきた。

「でも幕府にも立派な方はいるけれど、中には泰平に馴《な》れた、さっきのような人たちがいるのですよ」

「ええ、恐ろしかったけど、がっかりもしました……。でも、なぜ美百合様はあんなにお強いのですか」

甚介は、今度は彼女の素性が気になって訊いた。

「幼い頃から剣道場に通っていましたし、それにこの脇差、流星刀《りゅうせいとう》の不思議な力によるものです。私が先ほど森へ出向いたのも、この流星刀の導きによるものでした」

「流星刀……」

「空の果てから飛んできた、隕石《いんせき》で作った夢刀斎の名品、冥王丸《めいおうまる》と言い、この世にない力を秘めております」

美百合は言い、鞘《さや》ぐるみ脇差を抜いて手渡してきた。

受け取ってみると、思ったより重くはない。

「抜いて構いません」

言われて、作法も知らないまま甚介は左手の親指で鍔《つば》を押し上げ、見様見真似《みようみまね》で鯉口を切り、抜き放ってみた。

刀身は一尺八寸（約五十五センチ）ほどで、刃紋《はもん》は波打っていない直刃《すぐは》。柄巻と下《さ》げ緒《お》は金茶《きんちゃ》で、鍔は木瓜型《もっこう》に七曜《しちよう》の星。鞘は蠟塗《ろぬ》りの黒色。

青い刃《やいば》は恐ろしくなく、いつまで見ていても飽きないほど美しいものだった。

やがて彼は恐々《こわごわ》と鞘に納め、恭《うやうや》しく冥王丸を返した。

「実は、刀が欲しいのです。全く足りないでしょうが、これを」

甚介は言い、ようやく重かった銭の束を懐中から出して置いた。

穴あきの一文銭が百枚ずつ五本、糸に通して縛ってある。

これを千枚分纏《まと》めたものを一貫文《いちかんもん》と言い、この当時だと八千枚以上でやっと一両と同じになる。

農作業をしている貧しい中から、名主《なぬし》の手伝いをしたり物売りにも加わって貯め込んだ、これが限界の金であった。

「残りは必ずお返しに上がりますので」

「なぜ、刀屋ではなくここへ？」

「はあ、中には作りに失敗した格安のものがあるのではないかと」

言うと、美百合が笑みを洩らした。

「分かりました。では刀を選ぶ前に、互いの淫気を鎮《しず》めて落ち着きましょう」

「え……？」

美百合の言った意味が分からず、甚介は戸惑ったが、彼女は立ち上がり、手早く袴の紐《ひも》を解きはじめたのだった。

二

「み、美百合様……。いったい何を……」

「良いのですよ。先ほどから私に淫気を抱いていますでしょう。冥王丸が教えてくれております。さあ、あなたも脱いで」

美百合は答え、着物を脱いでみるみる白く滑《なめ》らかな肌を露《あら》わにしていった。

同時に、肌の熱気が解放され、さらに甘ったるい匂いを含んで部屋に立ち籠めてきた。

甚介も、緊張と興奮に朦朧《もうろう》としながら脱ぎはじめていった。

「もう女はご存じ？　おいくつかしら」

「い、いえ……、この正月で十八に……」

「そう、私と同じだわ」

美百合が言い、甚介は驚いた。自分と同い年であれほど強く、しかも神々《こうごう》しいほどの美しさを持ちながら、これから自分のようなものと肌を重ねようというのである。

武家にも見えないが、あるいは本当に神仙《しんせん》など、別の世界から来た美女なのかも知れないと思った。

やがて甚介は、延べられた床に横たわり、枕に沁み付いた美百合の匂いを感じた。身も心も緊張と戸惑いに包まれているのに、一物《いちもつ》だけは雄々《おお》しくそそり立っていた。

何しろ厠《かわや》や寝床で、兄夫婦に気づかれないよう、日に二度三度と手すさびし、毎日その妖しい快楽に酔いしれているのだ。

美百合も一糸《いっし》まとわぬ姿になり、長い黒髪を下ろして傍《かたわ》らに座った。

「すごいわ、こんなに大きく……」

彼女は言い、手を伸ばしてやんわりと幹を包み込んできた。

「あう……、美百合様。お手が汚れますので……」

甚介は驚き、生まれて初めて他人に触れられる快感に身を強《こわ》ばらせた。

しかし美百合は、感触や硬度を確かめるようにニギニギと動かしてきたのだ。

「く……、漏れてしまいます……」

「そう、じゃ一度出してしまった方が良いですね。その方が落ち着いて筆下ろしできるでしょう」

美百合は言い、何と一物に屈《かが》み込んできたのである。

長い髪がサラリと股間を覆《おお》い、その内部に熱い息が籠もった。しかも美百合の舌がチロリと先端に這い回り、滲《にじ》みはじめた粘液を舐め取りながら、次第に張りつめた亀頭全体を生温かな唾液に濡らしてきたのだ。

「い、いけません。汚《きたの》うございますから……」

甚介は身を震わせ、声を上ずらせて言った。

もし名主の娘の千枝《ちえ》がしてくれたとしても、これほどの震えは起きなかったのではないか。

実は何度も、千枝の面影で手すさびし、こうした行為を思い浮かべたこともあったが、それを神秘の美女が現実に行っているのである。

風呂に入ったのはいつだったろう。夏場なら川で水浴びをして洗うが、冬場だし滅多に風呂など焚《た》かないので何日も入っていないのに、美百合は全く意に介さずしゃぶり付いていた。

その快感に、あるいは美百合は神仙ではなく、淫らな妖狐《ようこ》なのではないかとさえ思えてきたものだった。

亀頭を舐め回すと、さらに丸く開いた口でスッポリと根元まで呑み込み、幹を締め付けて吸い付き、熱い息を股間に籠もらせてきた。

薄寒い部屋の中、快感の中心部だけが温かく濡れた快適な口腔《こうこう》に包み込まれていた。

しかも彼女は吸い付きながら、口の中でクチュクチュと舌を蠢《うごめ》かせ、さらに顔を上下させ、濡れた唇でスポスポと強烈な摩擦を開始してきたのだ。

もう限界である。

相手は武家か神仙の女か妖狐か分からないが、たちまち彼は大きな絶頂の快感に全身を貫かれてしまっていた。

「あう……。い、いけません……！」

警告を発するのも間に合わず、彼は熱い大量の精汁をほとばしらせた。

「ク……、ンン……」

喉の奥を直撃されても、美百合は小さく鼻を鳴らしただけで驚きもせず、なおも艶《なま》めかしい摩擦、吸引と舌の蠢きを続けてくれた。

「アア……！」

甚介は溶けてしまいそうな快感に喘《あえ》ぎ、クネクネと身悶《みもだ》えた。そして無意識にズンズンと股間を突き上げ、口の摩擦を強めさえした。

それは手すさびによる射精の、何百倍の快感であろうか。

それに美女の口を汚《けが》すという禁断の思いも、興奮と快感を高めた。

甚介は何度も肛門を引き締め、脈打つように最後の一滴まで出し尽くしてしまった。

やがて魂《たましい》まで吸い取られてしまったように、彼はグッタリと力を抜いて四肢を投げ出し、荒い息遣《いきづか》いを繰り返した。

すると美百合も動きを止め、亀頭を含んだまま口に溜まったものをゴクリと一息に飲み込んでくれたのである。

「く……！」

喉が鳴ると同時に口腔がキュッと締まり、彼は駄目押しの快感に呻いた。

こんなに気品ある美女が、ためらいなく男の出した精汁を飲み込むなど信じられなかった。

全て飲み干すと、ようやく美百合はスポンと口を引き離し、顔を上げてチロリと舌なめずりした。

「すごく濃くて多いわ……」

彼女が言い、甚介は朦朧となりながら、他の男のものも飲んだのかと思い、激しい妬心《としん》が胸に湧き上がってしまった。しかし全身に力が入らず、いつまでも動悸《どうき》が治まらなかった。

美百合が添い寝し、温かな肌を横から密着させてきた。

「いいわ。少し休んだら、私を好きにして……」

彼女が言うので、甚介は甘えるように腕枕してもらい、休む余裕もなく鼻先にある乳首にチュッと吸い付いていった。

夢中で舌で転がしながら、顔中を柔らかな膨《ふく》らみに押し当てると、心地よい弾力と甘い肌の匂いが感じられた。

舐め回すと乳首がコリコリと硬くなり、

「アア……」

美百合がビクッと顔をのけぞらせ、熱く喘ぎはじめた。

甚介はもう片方の乳首に移動して含み、充分に舐めてから彼女の腋《わき》の下にも鼻を埋め込んでいった。

そこはなぜかスベスベで腋毛はなく、それでも生ぬるく甘ったるい汗の匂いが籠もって鼻腔を刺激してきた。

甚介は、初めて接する女の肌と匂いでムクムクと回復し、たちまち元の硬さと大きさを取り戻してしまった。

そして白く滑らかな肌を舐め下り、張りつめた腹部に顔を埋めると心地よい弾力が返ってきた。形良い臍《へそ》を舐め、腰からムッチリした太腿へ移動して、脚を舐め下りていった。

本当は早く肝心な部分を見たり舐めたりしたいが、それをするとすぐ入れたくなり、あっという間に済んでしまうだろう。

せっかく射精したばかりなのだから性急にならず、この際だからじっくりと女体の隅々まで観察したかった。

毛も薄く滑らかな脚を舐め下り、足首まで行くと足裏に回り込んで顔を押しつけ、踵《かかと》から土踏まずを舐め、形良い指の間に鼻を割り込ませて嗅《か》いだ。

武士になりたい願望が大きいくせに、なぜか女の足でも陰戸《ほと》でも舐めたい欲求が強く、手すさびも味と匂いの妄想が主《おも》だったのだ。

指の股は汗と脂《あぶら》に湿り、蒸《む》れた匂いが濃く沁み付いていた。

（ああ、女の足の匂い……）

甚介は感激と興奮に包まれながら匂いを貪《むさぼ》り、爪先にしゃぶり付いて全ての指の間に舌を挿《さ》し入れて味わった。

「あう……！」

美百合は呻いたが、いっさい拒《こば》むことはなく身を投げ出していてくれた。

甚介は嬉々《きき》として愛撫し、もう片方の足指も味と匂いが薄れるほど貪り尽くしてしまった。

そしていよいよ脚の内側を舐め上げ、白く張りのある内腿を舌でたどり、女体の神秘の部分に顔を進めていった。

大股開きにさせて目を凝《こ》らすと、股間の丘にはふんわりと恥毛が茂り、割れ目からはみ出す花びらがすでに露《つゆ》を宿していた。

彼は興奮と緊張に指を震わせ、そっと陰唇を左右に広げ、春本《しゅんぽん》で見た陰戸を思い浮かべながら中身を観察した。

細かな花弁のように襞が入り組み、膣口が妖しく息づいていた。ポツンとした小さな尿口の小穴も確認でき、包皮の下からはツヤツヤと光沢のあるオサネがツンと突き立っていた。

それは春画より、ずっと美しいもので、甚介は吸い寄せられるように美百合の陰戸にギュッと顔を埋め込んでいった。

三

「アア……。い、いい気持ち……」

美百合が身を弓なりに反らせて喘ぎ、内腿でキュッと甚介の両頬を挟み付けてきた。

柔らかな茂みに鼻を擦《こす》りつけて嗅ぐと、隅々に沁み付いた汗とゆばりの匂いが混じり合い、悩ましく鼻腔を刺激してきた。

彼は胸いっぱいに吸い込みながら舌を挿し入れ、陰戸の内部を掻き回した。

生温かなヌメリは淡い酸味を含み、彼は膣口の襞をクチュクチュ探り、柔肉をたどってオサネまで舐め上げていった。

「ああッ……！」

美百合が顔をのけぞらせて声を上げ、内腿に力を込めて悶えた。

やはり春本に書かれていたように、ここが最も感じるのだろう。

甚介は彼女が気持ち良さそうにしてくれるのが嬉《うれ》しく、熱を込めてオサネに吸い付き、溢《あふ》れる淫水をすすった。

さらに両脚を浮かせ、白く丸い尻の谷間にも迫った。

薄桃色の蕾《つぼみ》がひっそり閉じられ、鼻を埋め込むと顔中にひんやりした双丘が密着した。

嗅ぐと秘めやかな微香が籠もり、悩ましく胸に沁み込んできた。

甚介は女の匂いに興奮を高めながら舌を這わせ、襞を濡らしてヌルッと潜り込ませて滑らかな粘膜を探った。

「く……！」

美百合が息を詰めて呻き、肛門でキュッと彼の舌を締め付けてきた。

甚介は内部で舌を蠢かせてから脚を下ろし、再び陰戸に戻り、新たな蜜汁をすすりながらオサネに吸い付いていった。

「も、もっと強く……。ああ、いきそう……！」

美百合が声を上ずらせて喘ぎ、甚介も匂いに酔いしれ夢中で吸い付きながら小刻みに舌を蠢かせた。

するとと彼女の白い下腹がヒクヒクと波打ち、じっとしていられないほど身悶えはじめた。顔をきつく締め付けられ、耳も聞こえず心地よい窒息感に噎《む》せ返りながら舐め続けると、

「い、いく……。アアーッ……！」

美百合はのけぞりながら声を上げ、ガクガクと狂おしい痙攣《けいれん》を起こして気を遣《や》ってしまったようだ。

そのとき同時に、異変が起こった。

彼女の激しい絶頂に巻き込まれるように、甚介も軽い目眩《めまい》を起こして朦朧となったのだ。

一瞬何が起こったのか分からず、やがて美百合がグッタリと身を投げ出して力を抜くと、ようやく甚介も顔を起こした。

すると、周囲の景色が一変していたのである。

美百合が横たわっているのは、白い敷布のある心地よく柔らかな台だった。

「え……？」

思わず周囲を見ると、白い壁に大きな鏡台、ギヤマンらしい透明な板の張られた窓から青空と木々が見えていた。その他にも、見慣れない家具らしきものや置物がある。

「こ、ここは……」

「ああ、現代に飛んでしまったわ……」

甚介が言うと、美百合が息を弾ませて言った。

「一人でして、いったときは飛ぶこともあるけど、相手と一緒に来てしまったのは初めて……」

美百合が言い、身を起こしてきた。

「ここは私のハイツ、まあ長屋のようなものよ」

「し、神仙の長屋ですか……」

「あなたのいた慶応四年より、百五十年後の青梅」

「ひゃ……」

「とにかくバスルーム、いえお風呂に入りましょう……」

美百合が呼吸を整えながら言い、ベッドを下りた。恐る恐るついていくと、彼女は台所らしい場所の脇にある戸を開け、中に入った。

実際にはワンルームタイプで、寝室兼リビングとキッチン、バストイレのある部屋である。

美百合は何やら壁にある何かを操作し、灯りを点《つ》けると同時に、白い浴槽らしきものに湯が張られてきた。

「あ、明るい……。うわ！」

甚介は言い、さらに如雨露《じょうろ》のようなものから水が噴出したので驚いた。

触れると温かな湯ではないか。

「み、水はどこから。なぜ温かいのです……」

「エレキのからくりです。さあ、とにかく身体を洗いましょう」

美百合が言って甚介を椅子に座らせ、元結いを解いて髪をザンバラにしてくれた。目の前の綺麗な鏡には自分が映り、こんなにはっきり自分の顔を見るのは初めてだった。

やがて頭から快適な湯を浴びせられ、さらに何やら泡立つものが加わり、美百合が剣山《けんざん》のようなもので頭を洗ってくれた。

湯気で鏡が曇ったので、心地よさにうっとりと目を閉じ、彼は神仙の風呂場で美百合に身を委《ゆだ》ねた。

全身も泡立てられ、ヘチマのようなもので背中を擦られた。

「前は自分で洗って」

言われて海綿状《かいめんじょう》のものを渡されたので、顔から首筋、胸と股間と脚まで自分で擦った。その間も浴槽には湯が溜まってゆき、彼は全身を洗い終えた。

「これで歯を磨いて」

言われて振り返ると、柄《え》のついた小さな刷毛《はけ》を渡され、口に入れると甘くひんやりした香りが広がった。

「房楊枝《ふさようじ》と違って、横に擦るのよ」

美百合が手真似をして言い、甚介もぎこちなく歯を磨いた。さっきまで勃起していた一物も、あまりの驚きに萎縮《いしゅく》していた。

「あ、あの、ゆばりをしたいのですが……」

「構わないわ。そこでしてしまって」

彼女が言うので、甚介も回復を堪えながらゆるゆると放尿した。

し終わると、美百合がもう一度全身に湯を浴びせてくれ、彼は口もすすいだ。

「み、美百合様も、ゆばりを出してみて下さい。どのように出るものか一度見てみたいのですが……」

向き直って言うと、湯を浴びた美百合の肌が明るく照らし出されていた。

「どうか、足をここへ」

言うと美百合も立ったまま、素直に片方の足を浴槽のふちに乗せてくれた。

開いた股間に顔を埋めると、もうさっきまで感じられた匂いも薄れてしまったが、柔肉を舐めると新たな淡い酸味のヌメリに舌の動きが滑らかになった。

美百合も下腹に力を入れ、尿意を高めてくれていた。

「いいのね、出るわ……」

やがて彼女が息を詰めて言うなり、舐めている柔肉の内部が迫《せ》り出すように盛り上がり、味わいと温もりが変化し、すぐにもチョロチョロと温かな流れがほとばしってきた。

舌に受けて味わうと、淡い味と匂いが胸に広がった。

飲み込むにも抵抗がなく、甘美な悦《よろこ》びに包まれながら甚介は喉を鳴らした。

勢いがつくと溢れた分が温かく胸から腹に伝い流れ、心地よく浸された一物がムクムクと最大限に膨張していった。

やがて急に勢いが弱まって放尿を終えると、甚介は余りの雫《しずく》をすすり、内部を舐め回した。

「アア……。も、もういいわ……」

美百合が喘ぎながら言って足を下ろし、身を離すと、もう一度互いの全身を湯で洗い流した。

そして手を引っ張られ、甚介は先に浴槽に浸かり、彼女も一緒に入った。いくらも溜まっていなかったが、二人で入ると湯がいっぱいになった。

甚介は、寄りかかる美百合の両脇から手を回して乳房を揉《も》み、黒髪に鼻を埋めて甘い匂いに酔いしれた。

陰戸を探ると、湯の中でも彼女のヌメリがはっきり指に伝わってきた。

「さあ、出ましょう」

充分に温まると美百合が言い、二人で浴槽を出た。大きな布で互いの全身を拭くと、さらに彼女が甚介の濡れた髪を丁寧に拭き、何やら器具を出して温風を吹きかけてきたのである。

「うわ……！」

「じっとしてて、すぐ乾くから」

音に驚いた彼を宥《なだ》めるように言い、次第に甚介も温かな心地よさに落ち着きを取り戻していった。

そして全裸のまま部屋に戻ると、美百合は机の前に座り、何やら操作すると目の前の板に明るい画面が現れてきた。

「甚介って、どこかで聞いたことがあるのよ……」

美百合が画面を見ながら言い、甚介も背後から不思議な機械を眺め、目まぐるしく動く色とりどりの絵に吸い寄せられていた。

四

「やっぱりあったわ。小倉《おぐら》甚介」

「お、小倉というのは、名主様の苗字《みょうじ》ですが……」

美百合が言い、甚介も画面を覗《のぞ》き込みながら答えた。画面には、細かな文字が書かれ、白髭《しらひげ》の老人の姿が映し出されていた。

「すごいわ。昭和二十五年、百歳まで生きるわよ」

「わ、私がですか……？　ではこの写真は……」

「ええ、言っても構わないでしょう。武士なんかになって、薩長軍と戦って死ぬより、名主様の婿養子《むこようし》になった方が、ずっと面白い人生だわ」

美百合が言い、いろいろと説明してくれた。

間もなく慶応が終わって明治となり、名主を継いだ甚介は先見の明をもって青梅のために尽力し、町議、市議を経て政界や軍部の大物の助言者ともなり、大正や昭和まで歴史の陰の功労者となって名を成す。

そして死ぬ間際に、預かっていた冥王丸を市に寄贈。それがのちに、このハイツからも近い青梅の刀剣資料館に展示されることになるのだ。

「じゃ、冥王丸はあなたにあげれば良いのね」

「な、何のことやら……」

「見て、外を」

言われて甚介も、美百合と一緒に窓から外を見た。木々の間から、多くの建物が見え、道にはからくりで動く車が行き来していた。

「これが、慶応四年から百五十年経った日本。震災や戦争が何度もあるけれど、知識を持ったあなたなら周囲を幸せにしてあげられるでしょう」

「よく分かりませんが……」

「おいおい、分かるまで説明するわ。未来を知るのがあなたの使命で、それで私は冥王丸に導かれて森に入ったのだから」

美百合は言い、混乱している甚介の手を引いて、再び布団の敷かれた台に招いて横になった。

「さあ、とにかく初体験をして、もう一度私をいかせて慶応に戻りましょう」

美百合が彼を仰向けにさせて言い、屹立《きつりつ》した一物に屈み込んできた。

ほんのり湿った髪がサラリと股間を覆い、彼女は再び亀頭にしゃぶり付き、たっぷりと唾液にまみれさせてくれた。

さらにモグモグと根元まで呑み込んで吸い付き、熱い息で恥毛をそよがせながら顔を上下させて唇で摩擦してくれた。

「アア……。い、いきそう……」

甚介は、またもや急激に高まって喘いだ。すると、すぐに美百合もチュパッと口を引き離した。

「いいわ、入れて」

「ど、どうか美百合様が上に……」

彼女が言うので、甚介は仰向けのまま答えた。春本を見て、最初は下から女を仰ぎたかったのだ。そうすると、いかにも女に組み伏せられ、手ほどきを受ける実感が湧く気がした。

すると美百合も前進し、ためらいなく彼の股間に跨《また》がってきた。

自らの唾液に濡れた先端に、淫水の溢れている陰戸を押しつけて少し擦りつけた。そして彼女も息を詰めて位置を定めると、ゆっくりと腰を沈み込ませてきたのだった。

張りつめた亀頭が潜り込むと、あとはヌルヌルッと滑らかな肉襞に擦られながら、肉棒は根元までピッタリと嵌《は》まり込んでいった。

「アア……、いいわ……」

股間を密着させて座り込んだ美百合が、顔をのけぞらせて喘いだ。

甚介も、摩擦と温もり、きつい締め付けと潤《うるお》いに包まれて懸命に暴発を堪えていた。

何という素晴らしい快感であろう。

それは想像以上で、彼女の口に出して飲んでもらったのも夢のように心地よかったが、やはり男女はこうして一つになり快感を分かち合うのが最高なのだと実感した。

彼女は上体を反らせたまま何度かグリグリと互いの股間を擦りつけてから、やがて身を重ねてきた。

甚介も両手を回して抱き留めると、僅《わず》かに両膝を立てて彼女の尻の感触も味わった。美百合も彼の胸に柔らかな乳房を押しつけ、恥毛を擦り合わせるように、徐々に腰を動かしはじめた。

「ああ……」

甚介は快感に喘ぎ、合わせて自分もぎこちなくズンズンと股間を突き上げていった。

そして下から美百合の唇を求めると、彼女もピッタリと重ね合わせ、自分からヌルリと舌を挿し入れてきたのである。

甚介は柔らかく密着する唇の感触と唾液の湿り気を味わいながら、美百合の舌を舐め回した。美女の舌は生温かく清らかな唾液に濡れ、何とも滑らかな舌触りだった。

次第に突き上げの調子が一致してくると、大量の蜜汁に動きが滑らかになり、クチュクチュと淫らな音が響き、溢れた分が彼のふぐりから肛門の方にまで伝い流れてきた。

「アア……。いきそうよ……」

美百合が、唾液の糸を引きながら口を離して喘いだ。

膣内の収縮も活発になり、甚介も急激に高まってきた。

それに何より、美百合の口から吐き出される息が何ともかぐわしく、果実のような甘さを含んで鼻腔を悩ましく湿らせてきた。

匂いに誘われて彼女の口に鼻を押しつけると、美百合はヌラヌラと舌を這わせてくれた。

唾液と吐息の匂いが鼻腔を刺激し、たちまち甚介は激しく股間を突き上げながら絶頂に達してしまった。

「く……！」

大きな快感に貫かれて呻き、ありったけの熱い精汁をドクンドクンと勢いよく柔肉の奥にほとばしらせると、

「あう、熱いわ、いく……。アアーッ……！」

噴出を受けた美百合も声を上ずらせ、同時に気を遣ったようだった。

キュッキュッと締まる膣内の収縮も最高潮になり、甚介は下からしがみつきながら激しく股間を突き上げ、心ゆくまで快感を嚙み締め、最後の一滴まで出し尽くしていった。

「ああ……」

すっかり満足して力を抜くと、美百合も肌の強ばりを解いてグッタリともたれかかってきた。

まだ膣内の息づくような収縮が続き、刺激された一物がヒクヒクと過敏に内部で跳ね上がった。そのたび、彼女も敏感になっているようにキュッときつく締め上げてきた。

甚介は美女の重みと温もりを受け止め、熱く湿り気ある甘い息を間近に嗅ぎながら、うっとりと快感の余韻に浸り込んだのだった……。


――気がつくと、周囲の景色が再び一変していた。

薄暗い中に囲炉裏《いろり》の火が見え、煤《すす》の匂いが感じられた。どうやら、元の小屋に戻ったようだった。

「ああ、気持ち良かったわ……」

美百合が言い、二人で荒い呼吸を整えた。

やがて彼女はそろそろと股間を引き離すと、紙を当てて手早く陰戸を拭《ぬぐ》い、彼の一物も包み込むように優しく拭き清めてくれた。

「戻れたわね。髪を結ってあげるわ」

美百合が身を起こし、紙縒《こよ》りで元結いを作った。

そして甚介が半身を起こすと彼女は背後に回り、櫛《くし》を当ててから髪を束ね、元結いできつく縛って髷《まげ》に戻してくれた。

髷が整うと、甚介は下帯《したおび》と股引《ももひき》、腹掛けと着物を着て帯を締め、美百合も身繕《みづくろ》いをした。

「では、大刀ではなく、この冥王丸を差し上げます。重いでしょうから、五百文は頂くわね」

「よ、よろしいのですか。大切な脇差を」

「ええ、あなたが持っていることになっているのだから」

「いえ、脇差の力がないのに、悪い連中がこの小屋へ報復に来やしないかと」

「有難う。でも大丈夫。すでに私には力が宿っていますし、ここは心ない人は辿《たど》り着けないようになっているのですから」

「分かりました。またお目にかかれるでしょうか」

「もちろんです。その冥王丸の導きに従って下さい」

言われて、甚介は安心した。

「では、これにて失礼致します。どうかお身体にお気をつけて」

甚介は草履《ぞうり》を履《は》くと、振り返って辞儀をした。

そして冥王丸を帯に差し、自分の手製の木剣も腰に帯びた。やはり冥王丸を持つと、身の内が一変し、急に胆力《たんりょく》がついたような気になった。

「お似合いです。ではまた」

美百合が言い、甚介はもう一度頭を下げてから小屋を出た。

ここへ来たときは、武士への憧ればかりは強いが臆病な男。しかし今は女体を味わって大人になり、しかも百五十年先の世界も垣間見《かいまみ》て、自分の道も決まったのである。

彼は足取りも軽く、意気揚々《ようよう》と森に入っていった。

五

「ぬ、貴様はあの時の」

村に戻った甚介が名主、小倉庄右衛門《しょうえもん》の屋敷を訪ねると、森で会った三人の若侍が気づいて取り囲んできた。

しかし甚介は一向に怯《ひる》むことなく、また会ったなと思っただけだった。

甚介の家は狭い田畑を預かっていたが、兄夫婦だけで充分に手は足りているので、彼は何かと名主の屋敷に出入りし、仕事を与えられては小遣いをもらっていた。

今日も、武士になるから刀を買いにいくと見得《みえ》を切って出たものの、自分の将来を知り、また働かせてもらおうと挨拶《あいさつ》に来たのである。

しかし、ちょうど幕臣の三人は、どうやら庄右衛門に金をせびりに来ていたらしい。

おそらくは旗本の次男三男で、今まで大した役職もなかったのに、いきなり西の警護を任されたのだ。

しかし薩長がすぐにも攻めてくる様子もなく、近在の金持ちの家へ行っては、国事に奔走《ほんそう》すると称して酒代をせびっていたのだろう。

しかし庄右衛門は毅然《きぜん》と拒み、その貫禄《かんろく》に負けた三人が引き上げようとしたときに甚介がやって来たのである。

一応は武士たちだから、庄右衛門やその妻の賀夜《かよ》、一人娘の千枝も見送りに出ていた。

「ふん、刀は買えずに脇差だけか。いいだろう、今一度腕を見てやる」

庄右衛門から金策を断られた三人が、鬱憤晴《うっぷんば》らしのように鯉口を切った。

美百合に受けた一撃もまだ疼《うず》くようで、その恨みもあるのだろう。

「お、お止《や》め下さいませ。この者は木剣など差しておりますが、お武家様たちがお相手するような者では」

驚いた庄右衛門が駆け寄って言った。四十になる彼は苗字帯刀を許され、村人の信望も篤《あつ》く度胸もあった。

「ええい、引っ込んでいろ！」

三人は抜刀し、庄右衛門を追い払った。

「名主様、大丈夫ですよ」

甚介が庄右衛門に笑みを向けて言うと、彼はビクリと身を強ばらせた。どうも日頃の甚介ではない何かを感じたのかも知れない。

「ほう、やる気か。良いだろう」

三人は半円に甚介を囲み、切っ先を向けてきた。

賀夜と千枝の母娘《おやこ》も、肩を寄せ合って震えながら成り行きを見守っていた。

甚介が木剣を抜いて青眼《せいがん》に構えると、三人はその落ち着きぶりと異様な迫力に圧倒されたようだ。

「な、生意気な……。かかれ！」

兄貴分格の男が言うと、左右の侍が斬《き》りかかってきた。

ここで村人を斬殺《ざんさつ》したら大問題だろうに、今は甚介の迫力に誘われ、手加減もなく攻撃してきたのである。

しかし甚介の木剣の方が早く、二人の右籠手を叩いていた。

「むぐ……！」

「ウッ……！」

二人はガラリと得物《えもの》を落とし、手首を押さえて後ずさった。

「こ、こやつ……！」

正面の男が踏み込もうとしたが、一瞬早く甚介の切っ先がその喉元に突きつけられ、身動きできなくなっていた。

「き、貴様……。武士になれば俺が上士ぞ……」

「いや、武士になるのは止めました」

甚介は構えを解いて言うなり、木剣を上へ放り投げた。そして落下するものを素早く抜いた冥王丸を閃《ひらめ》かせ、五つに斬っていたのである。

カラカラと音を立てて落ちるときには、すでに脇差は鞘に納まっていた。

「う、うわ……！」

それを見て三人は声を震わせた。もとより、巻《ま》き藁《わら》すら斬ったことのない細腕侍たちである。

「どうか、もうここへはおいでになりませんように」

甚介が言うと、二人は落ちた刀を拾い、三人とも震えながら鞘に納めるなり一目散に逃げ去っていった。女に負け、百姓の若造に負け、もう当分は三人も外へ出てこないだろう。

「これを焚き付けにしますので」

甚介は言い、切断した木剣を拾って庄右衛門を振り返った。

庄右衛門は呆然《ぼうぜん》と立ち尽くし、賀夜と千枝の母娘も目を丸くして彼を見つめていた。

「お、お前、いつからそんな剣の腕を……」

「年中山で木剣を振るっていましたから。それにあの三人は、ろくに稽古もしてこなかった連中なのでしょう」

「と、とにかく中へ入れ」

庄右衛門に言われ、甚介は木片を薪《まき》の上に乗せてから従い、屋敷に入った。

「いやあ、驚いた。まあ座れ。あの三人は、ここ最近年中ここへ来ては、千枝を酌《しゃく》に寄越せとか横暴に振る舞っていたのだ」

「そうですか、もう来ないと思いますが」

「ああ、胸がすくようだったぞ。それは立派な脇差だな」

「はい、何とか五百文で譲って頂きました」

「なぜ、そんなに安く。どれ、見せてみろ」

言われて、甚介は鞘ぐるみ抜いて差し出した。庄右衛門も抜き放って刀身を見て、すぐに納めて拵《こしら》えを吟味《ぎんみ》した。

「美しい脇差だが、五百文とは信じられん」

「刀匠《とうしょう》の方が、この脇差が私を選んだのだと仰《おっしゃ》いました」

甚介は、その刀匠が女とは言わなかった。

「そうか、だが武士は止めたとさっき」

庄右衛門が、冥王丸を返しながら言った。

「はい、ああした連中を見てがっかりしました。この脇差はお守りにしますので、今まで通り、こちらで働かせて下さいませ」

甚介は、脇差を腰に戻して答えた。

「ああ、それが良い。お前の家の方には言っておくから、今日からここへ住み込んでくれ」

庄右衛門が言う。彼は何かと留守をすることも多いので、女たちが心配なのだろう。それに甚介の腕があれば、充分に用心棒になる。

「それは有難う存じます」

願ってもない申し出に、甚介もあらためて頭を下げた。

美百合に聞いた話では、甚介は千枝の婿養子に入るようなのだ。あの可憐《かれん》な娘を妻に出来るのなら、もう何も要らないとさえ思えた。

むろん先のことは言うわけにいかないので、当面は下男として働くつもりであった。

そこへ、賀夜と千枝が菓子と茶を持って入って来た。

賀夜は三十代半ば、千枝は十七である。どちらも美しく、甚介の日頃の手すさびの妄想では、年中お世話になっている母娘だった。

「甚介、何だか人が変わったみたい」

千枝が、愛くるしい笑窪《えくぼ》を見せて言う。一つ年下の美少女に呼び捨てにされるのが、甚介の無上の悦びであった。

「いえ、脇差を買い求めたら気持ちが変わったようです」

「そうなの、でも武士になるのは止めるって」

「はい、止めます。この村にずっと居て働きますので」

「そう、良かった……」

千枝が胸を撫《な》で下ろすように言い、以前から彼に淡い好意を抱いていて、庄右衛門と賀夜も、そんな娘の気持ちを知っていたのかも知れない。

確かにむさ苦しい男たちの中で、甚介は特に働き者で頭も良いのだ。

やがて茶菓子を食い終えると、賀夜が甚介の部屋へ案内してくれた。

厨《くりや》や厠に近い離れだが、先代の隠居所だったから快適である。布団も運び込まれ、食事は厨で取ることになろう。

甚介は夕刻まで、風呂焚きや飯炊《めした》きを手伝いながら、すぐに湯の出る百五十年後は便利だったなと思った。

やがて日暮れに夕餉《ゆうげ》を済ませると、甚介は与えられた部屋に戻った。

風呂は、庄右衛門に賀夜、千枝が済んでも他の奉公人が先で、甚介は一番最後だろう。

しかし彼はすでに、百五十年後の風呂に入っているのである。

今夜は別に入らなくても良いと思い、寝巻に着替えた甚介は冥王丸を枕元に置いて行燈《あんどん》を消し、布団に横になった。

（美百合様。冥王丸の導きに従って頑張りますので……）

甚介は暗い部屋で思った。

しかし、そこへ手燭《てしょく》を持った賀夜が入ってきたのである。

第二章　熱く疼《うず》く新造《しんぞ》の熟れ肌

一

「お前が武士を止《や》めると言ってくれて、心より安堵《あんど》しました」

手燭《てしょく》の灯を行燈《あんどん》に移した賀夜が寝巻姿で座り、甚介に言った。

「はい、私も今まで思い違いをしていました。公方《くぼう》様を守るために死ぬよりも、この村に尽くして骨を埋める方が人として真っ当と気づいたのです」

甚介も、本心を答えた。

「ああ、良く言ってくれました。実は前から千枝がお前を憎からず思っており、旦那《だんな》様も千枝の婿《むこ》にどうかと話をしていたのです。折を見て言おうと思っていたところ、刀を買いにいくと出て行ってしまい気が気でなかったのですが」

賀夜が言い、甚介も、美百合の言う通りになっていくことを確信した。

「でも、確かにお前は働き者だし学問にも長《た》けているけれど、女の方はどうなのです」

いきなり賀夜が際どい話を出してきて、彼も思わずドキリとした。

「い、いいえ、まだ……」

もちろん甚介は無垢《むく》を装った。

もとより美百合は、この時代の人ではないのである。

「そうでしょう。まだ無垢と思っておりました。女ばかりは、学問の知識とは別物です。無垢同士は何かと上手《うま》くいかないものですが、お前は遊びなどしない男だから、私が教えましょう」

「え……」

賀夜に言われ、甚介もムクムクと勃起しはじめてしまった。いや、流星刀の力だろうか、彼女が部屋に来たときから、何やら妖しい雰囲気を感じ取っていたのである。

「私ではお嫌ですか」

「いえ……。名主《なぬし》様は……」

「むろん内緒です。今宵《こよい》はお酒を飲んで、もう朝まで起きません」

賀夜が言う。千枝も、もう眠っていることだろう。それにここは離れなので、気づかれる心配はない。

賀夜も、甚介なら固く約束を守ると信頼しているようだ。

「さあ、嫌でなければ脱ぎなさい」

「は、はい……」

甚介は答え、帯を解いて寝巻を脱ぎはじめていった。

それを見ると、賀夜も安心したように帯を解き、手早く脱ぎ去り一糸《いっし》まとわぬ姿になってしまった。

布団に添い寝すると、甚介は甘えるように腕枕してもらった。

「アア、可愛い……」

賀夜が感極まったように喘《あえ》いで言い、ギュッときつく抱きすくめてくれた。

甚介も柔らかく豊満な熟れ肌に包まれ、顔中が大きな乳房に埋まり込んで心地よい窒息感に噎《む》せ返った。

風呂上がりだろうが、白い肌からは生ぬるく甘ったるい匂いが漂っていた。

彼は鼻先にある乳首にチュッと吸い付き、美百合よりずっと豊かな膨《ふく》らみに顔中を押しつけて感触を味わった。

「ああ、いい気持ち……」

賀夜は喘ぎながら、そっと膝頭《ひざがしら》で彼の強《こわ》ばりに触れて確認した。

「すごく硬いわ……」

彼女は勃起しているので安心したように言い、やんわりと甚介の顔を移動させて、もう片方の乳首を含ませた。彼も、コリコリと硬く突き立っている乳首を舌で転がした。

さらに賀夜の腋《わき》の下にも鼻を埋め込んでいくと、美百合にはなかった腋毛が色っぽく煙り、濃厚に甘ったるい匂いが感じられた。

「さあ、もう良いでしょう。早く入れてごらんなさい……」

賀夜が、すっかり仕度が整ったように息を詰めて誘った。

もちろん甚介は、ここですぐ入れるつもりはない。

「ど、どのようなものか見たいのですが……」

「男が女の股座《またぐら》などに顔を入れるものではありません。指で探るだけなら構いませんが……」

言うと賀夜が答え、彼の手を股間に導いた。甚介も茂みを掻き分け、割れ目に沿って指でたどると、そこは熱くヌルヌルしていた。

「もっと中に……。もう少し下。そう、そこに穴があるでしょう。そこへお入れなさい……」

探っていくと、熱く濡れた膣口が息づいていた。ここから、かつて千枝が生まれ出てきたのだ。

甚介が手を離して身を起こすと、賀夜も仰向けのまま股を開いて受け身の体勢を取った。しかし彼は股間を進めず、彼女の股間に顔を寄せてしまった。

白くムッチリした内腿を舐め上げて陰戸《ほと》に迫ると、熱気と湿り気が感じられ、濡れた陰唇がよく見えた。

どうも冥王丸の力によるものなのだろうか。夜目が利き、行燈の灯りだけでも割れ目がはっきり見え、五感が研《と》ぎ澄まされていた。

指で陰唇を広げると、息づく膣口には白っぽい粘液がまつわりつき、オサネも小指の先ほどもあって光沢を放ち、ツンと突き立っていた。

「あう……、駄目よ。そんなこと……」

彼の視線と息を股間に感じ、賀夜が白い下腹をヒクヒク波打たせて呻《うめ》いた。

「少しだけ、舐めてみたいです」

「アア……、本当に。少しだけなら……」

股間から言うと、何と賀夜も応じてくれたのだ。

これも冥王丸の力のようだ。刀と鞘《さや》は本来、陽と陰だから、男女和合の力も掌《つかさど》るのかも知れない。

甚介は顔を埋め込み、柔らかな茂みに鼻を擦《こす》りつけて嗅《か》いだ。

すると、湯上がりでも腋に似た甘い匂いが籠もっていたので、これが賀夜本来の体臭なのだろう。

彼は賀夜の匂いを胸いっぱいに吸い込みながら舌を這わせ、陰唇の内側に挿《さ》し入れていった。

熱いヌメリは、やはり淡い酸味を含んで舌の動きを滑《なめ》らかにさせた。

膣口の襞を掻き回し、オサネまで舐め上げていくと、

「あぁッ……。い、いい気持ち……！」

賀夜がビクッと顔をのけぞらせて喘ぎ、量感ある内腿でキュッときつく彼の両頬を挟み付けてきた。

あるいは、陰戸を舐められるなど初めてのことかも知れない。

オサネに吸い付き、小刻みに舌先で弾くと、淫水の量が格段に増した。

さらに彼は賀夜の両脚を浮かせ、豊満な尻の谷間に迫っていった。

薄桃色の蕾《つぼみ》に鼻を埋めたが、さすがに湯上がりの匂いしか感じられなかった。

舌を這わせて襞を濡らし、ヌルッと潜り込ませて滑らかな粘膜を探ると、

「あう……。な、何を……」

賀夜が驚いたように呻き、キュッときつく肛門で舌先を締め付けてきた。

甚介が舌を蠢《うごめ》かせると、鼻先にある陰戸からはトロトロと大量の蜜汁が溢《あふ》れてきた。

「お、お願い……。入れて……」

賀夜が、ハアハア喘ぎながらせがみ、ようやく甚介も身を起こした。

「か、賀夜様が上に……」

「駄目、男は上と決まっています……」

言うと彼女は答え、甚介もそのまま股間を進めていった。

急角度にそそり立っている幹に指を添えて下向きにさせ、先端を濡れた割れ目に擦りつけて潤《うるお》いを与え、位置を探った。

やがてゆっくり挿入していくと、一物《いちもつ》はヌルヌルッと心地よい肉襞の摩擦を受けながら、滑らかに根元まで吸い込まれていった。

「アアッ……！　い、いい……」

賀夜が身を弓なりに反らせて喘ぎ、甚介も股間を密着させ、抜け落ちないよう押しつけながら脚を伸ばして身を重ねていった。

胸の下で豊かな乳房が押し潰《つぶ》れて弾み、賀夜も両手を回してきつく抱きすくめてくれた。

恥毛が擦れ合い、コリコリする恥骨の膨らみも伝わってきた。

「さあ、動いて、奥まで突くのよ。激しく何度も……」

賀夜が言い、甚介も小刻みに腰を突き動かしはじめた。

「あう……、いい。上手《じょうず》よ、もっと強く……」

彼女も股間を突き上げながら口走り、膣内の収縮を活発にさせていった。

整った顔が快感に喘ぎ、形良い口が開かれ、光沢あるお歯黒の歯並びの間からは熱く湿り気ある息が洩れていた。

賀夜の息は白粉《おしろい》のように甘い匂いが含まれ、嗅ぐたびに鼻腔《びこう》から股間に刺激が伝わっていった。

上からピッタリと唇を重ねて舌を挿し入れると、

「ンン……」

彼女も熱く鼻を鳴らして吸い付いてきた。

甚介は滑らかに蠢く舌を舐め回し、生温かな唾液のヌメリを味わった。

その間も、次第に律動を強めてゆくと、溢れる淫水がクチュクチュと淫らに音を立て、揺れてぶつかるふぐりも生温かく濡れた。

「い、いく……。あぁッ……！」

賀夜が口を離し、淫らに唾液の糸を引きながらのけぞった。

同時にガクガクと狂おしい痙攣《けいれん》を開始して気を遣《や》ると、続いて甚介も絶頂に達してしまった。

「く……！」

突き上がる快感に呻き、熱い大量の精汁をドクンドクンと勢いよく柔肉の奥にほとばしらせた。

「あう、熱いわ。出ているのね……」

噴出を感じた賀夜が駄目押しの快感に呻き、飲み込むようにキュッキュッと締め付けてきた。

甚介は心ゆくまで快感を味わい、最後の一滴まで出し尽くした。

まさか、世話になっている名主の新造《しんぞ》と交わるなど、ついさっきまで夢にも思わなかったことだ。

やがて動きを弱めて熟れ肌に身体を預けていくと、まだ膣内は名残惜《なごりお》しげな収縮を繰り返した。

刺激されるたび、一物がヒクヒクと内部で過敏に跳ね上がった。

そして彼は、賀夜のかぐわしい息を嗅ぎながら、うっとりと快感の余韻を嚙み締めたのだった……。

二

「庄右衛門は居るか」

庭で凜《りん》とした声が響き、風呂場の掃除をしていた甚介は外に出てみた。

見れば幕臣たちが十数人、ゾロゾロと庭に入ってきていた。昨日の三人も混じり、出てきた甚介を睨《にら》み付けた。

声をかけたのは、背丈が六尺（百八十センチ強）近い女丈夫《じょじょうふ》。

長い黒髪を眉が吊るほどきりりと締め、しかも黒い洋装ではないか。釦《ボタン》のついた洋服に長靴《ちょうか》、腰には白い帯を締めて大小をぶち込んだ、その颯爽《さっそう》とした姿の美しいこと。

どうやら見張りの連中を束ねている旗本の娘で、まだ二十歳《はたち》ちょっとぐらいであろう。

「何だ、貴様は、脇差など帯びて！」

彼女が声を荒らげると、出てきた庄右衛門が慌てて言った。

「あ、篠山《ささやま》様。この者は私の娘の許婚《いいなずけ》で甚介と申します。次の吉日に祝言《しゅうげん》を挙げますので、苗字帯刀《みょうじたいとう》はお許し願えるかと」

「そうか、貴様か。木剣《ぼっけん》で三人をあしらったのは。私は見張り番の組頭《くみがしら》で、篠山礼香《れいか》だ」

濃い眉を吊り上げ、切れ長の目で睨んで言った。

しかし彼女は、すぐ庄右衛門に向き直った。

「西山《にしやま》の見張り小屋が出来た。確かめに同行してくれ」

「は……。し、しかし今は腰を痛めておりますれば、山道は少々……。では、甚介を代わりに寄越しましょう」

「何、この者か。跡継ぎならば良かろう。来い」

庄右衛門が言うと、礼香も納得して甚介に言った。

彼の腰痛は本当であり、山道はきついだろう。甚介も頷《うなず》いた。

村の中にある西山が見張り台にちょうど良いということで、幕臣たちが小屋を建てる許可を取り付けに来たのは一ヶ月前。まあ許可とはいえ、事後承諾のようなものである。

それが完成したというので、一行は名主の家を出てすぐ山道に入った。

「甚介はいくつになる」

「は、十八です」

「左様か。私より三つ下か」

歩きながら礼香が言い、甘ったるい汗の匂いを漂わせた。あとで聞くと礼香は二千石、旗奉行《はたぶぎょう》の娘で講武所《こうぶしょ》の剣術指南もしていたらしい。

男勝《おとこまさ》りの体軀で、しかも剣の才能に恵まれていたようだ。確かに、冥王丸の力を借りて読み取ると、この十数人が一度にかかっても礼香は苦もなく順々に倒してしまうだろう。

親しげに話している二人を遠くから、下級旗本らしい昨日の三人が忌々《いまいま》しげに睨み付けていた。

恐らく三人は、生意気な若造がいるというのを同輩に漏らし、それが礼香の耳にまで入ったようだった。

やがて頂上に着くと、真新しい小屋が出来上がっていた。

中は休憩所と、仮眠用の布団。厠《かわや》は裏の穴だ。飲み食いするものは、交代のたび個々で持ってくるのだろう。

「ああ、良い眺めだ。ここなら西からの攻めが見渡せる」

礼香が景色を眺めながら言ったが、甚介は、こんな平穏な村が戦《いくさ》で荒らされて堪《たま》るかと思っていた。

「袋竹刀《ふくろしない》は持ってきたか」

礼香が言うと、幕臣の一人が恭《うやうや》しく二振りの袋竹刀を手渡した。それは、布で包んだ中にササラになった竹が入っている、稽古《けいこ》用の得物《えもの》である。

「甚介、どれほどのものか腕が見たい。見込みがあれば家来にする」

礼香は、最初からそのつもりで袋竹刀を持ってきたのだろう。

「いいえ、お断り致します」

「なに」

「名主の仕事を継がねばなりません」

「そんな代わりは他にもいよう。今は一人でも多くの力が欲しいのだ」

「いえ、本当に、武士になる気はありませんので」

「ふん、そうしたことは私に勝ってから言え」

礼香は言い、一振りの得物を投げて寄越した。

甚介も受け取り、他の幕臣は場所を空けて丸く囲んだ。

「どこからでも来い。万が一にも私に勝ったら、何でも望みを聞く」

礼香は大刀を鞘ぐるみ抜いて小屋に置き、袋竹刀を青眼《せいがん》に構えた。

甚介も青眼に構え、切っ先を礼香に向けた。

「む……」

いざ対峙《たいじ》すると、礼香は只《ただ》ならぬものを感じたか、唇を引き締めた。さすがに相手の技量を読み、舐めてかかるような態度は取らないようだ。

礼香は、あらためて甚介の得体の知れなさに切っ先を震わせ、なかなか飛び込めないでいた。

それは礼香も、並々ならぬ手練《てだ》れだから分かるのだろう。

周囲の武士たちは、礼香が苦もなく甚介を打ち据えるという当てが外れ、固唾《かたず》を呑んで見守っていた。

やがて焦《じ》れたように、礼香は様子を見ようと踏み込みながら、素早く甚介の切っ先を叩いた。

しかし、それは空を切り、電光のような速さで甚介の物打ちが礼香の右籠手《みぎこて》をポンと軽く打っていたのである。

「う……！」

軽い打ちなのに、礼香は得物を取り落としそうな衝撃に呻いた。このように籠手を取られるなど初めてのことなのだろう。

見ている者たちも、声もなく身を強ばらせていた。

「な、なぜ手加減して打つ！」

「怪我をすればお仕事に差し障《さわ》りましょうから」

「ううぬ、斟酌《しんしゃく》は無用。もう一本！」

礼香は激昂《げっこう》して構え直し、興奮と苛立《いらだ》ちでさっき以上に切っ先を震わせた。

甚介も再び青眼に構え、さっさと終わらせようと思い、今度は自分から踏み込んで仕掛けた。

切っ先が円を描くように素早く動いて懐に飛び込み、また同じ右籠手を、今度はさっきよりやや強めにピシッと打った。

「あッ……！」

今度は礼香も声を上げ、ガラリと得物を取り落としてしまった。

「な、何と……」

見ていた者たちから感嘆の声が洩れた。

「もうよろしいでしょう、望みを叶《かな》えて頂きます。どうか村を戦乱に巻き込まないで下さいませ」

甚介は言い、辞儀をして武士の一人に袋竹刀を返した。

「みな、引き上げて良い。私は甚介とこの辺りを見聞してから戻る」

礼香が右手首を押さえながら言うと、連中も一礼し、ゾロゾロと山を下りていった。

「アア、口惜《くや》しい……！」

連中の足音が遠ざかると、礼香は小屋の前にあった縁台に座り込んで肩を落とした。

「身構えても、全く勝てる気がしなかった。このようなことは初めて。なぜだ」

「私には、村の神がついております」

「なに、ああ……。確かにそのような、稽古で身についたものではない、神がかった強さだ……」

礼香は言い、挑む眼差しとは違う熱い視線を向けた。

「甚介、お前に決めた。私の初物を奪ってくれ」

「え……？」

いきなり言われ、甚介は彼女から熱い淫気を感じ取った。

「自分より強いものに抱かれるのが望みだった。お前に捧げる」

礼香は言うなり、小屋の中に入っていった。

三

「さあ脱げ。ここへはもう誰も来ぬ」

礼香は言って隅に大小を置くと帯を解き放ち、てきぱきと釦を外して洋服を脱いだ。

さらに長靴を脱いで上がり込み、畳んであった布団を敷き延べた。

甚介も激しい淫気を催《もよお》して冥王丸を置き、帯を解いて着物を脱いでいった。

まさか自分の人生で、武家、しかも旗本の娘を抱ける日が来ようなど夢にも思わなかったものだ。

彼は下帯《したおび》を解き、先に全裸になって真新しい布団に横たわった。

礼香は、襦袢《ジュバン》とズボンを脱ぎ、男のように締めた褌《ふんどし》を解くと、惜しげもなく見事な肉体を隠しもせず迫ってきた。

「さあ、お前が勝ったのだから何でも望みをきく。してほしいことを言え」

「ならば、ここに立って、足を私の顔に……」

「何、そのようなことをされたいのか……。良いだろう。何も聞かず言う通りにする」

礼香は答え、甚介の顔の横にスックと立ち、壁に手を突いてそろそろと片方の足を浮かせ、足裏をそっと彼の顔に乗せてきた。

実に大きく逞《たくま》しい足裏である。

甚介は顔中で感触を味わい、硬い踵《かかと》と、やや柔らかな土踏まずを舐め回し、太く揃った指の間に鼻を割り込ませて嗅いだ。

長靴の中で蒸《む》れていたから、そこは生ぬるい汗と脂《あぶら》にジットリ湿り、ムレムレの匂いが濃厚に沁み付いて鼻腔を刺激してきた。

甚介は、うっとりと嗅ぎながら、美百合より濃い匂いに激しく勃起した。

胸いっぱいに嗅いでから爪先にしゃぶり付き、順々に指の間にヌルッと舌を挿し入れて味わっていった。

「アア……、くすぐったい……。汚いだろうに……」

礼香は喘ぎ、彼の口の中で指を縮めた。

足を交代してもらい、甚介はそちらも濃厚な味と匂いを貪《むさぼ》り尽くしてから、足首を摑んで顔を跨《また》がせた。

「しゃがんでください……」

「ああ……、恥ずかしい……」

真下から言うと、この剣の達人の生娘《きむすめ》は息を震わせながら、厠に入ったようにゆっくりとしゃがみ込んできた。スラリとした長身で長い脚がムッチリと張りつめ、無垢な股間が彼の鼻先に迫った。

さすがに太腿は引き締まり、腹も筋肉が段々になっていた。

スベスベだった美百合と違い、脛《すね》にも体毛があって野趣溢れる魅力があるが、しかし陰戸の恥毛は意外に淡く楚々《そそ》としていた。

割れ目からは薄桃色の花びらが覗《のぞ》き、それが僅《わず》かに開いて柔肉とオサネが覗いていた。

すでに内部はヌメヌメと大量の蜜汁が溢れ、股間に籠もる熱気と湿り気が彼の顔中を包み込んだ。

さらに陰唇を指で広げると、無垢な膣口は襞を入り組ませて息づき、ポツンとした尿口もはっきり見えた。そして驚くことに、包皮を押し上げるように勃起したオサネは、親指の先ほどもある大きなもので、幼児の男根のように突き立って光沢を放っていた。

腰を抱き寄せて恥毛に鼻を埋めると、汗とゆばりの匂いが濃厚に混じり合い、嗅ぐたびに鼻腔が悩ましく刺激され、胸に沁み込んできた。

舌を挿し入れると淡い酸味のヌメリが感じられ、旗本でも、美百合や賀夜とも違いがないのだなと思った。

膣口の襞をクチュクチュと掻き回して淫水を味わい、大きなオサネまで舐め上げていくと、

「アアッ……、気持ちいい……！」

礼香が熱く喘ぎ、思わずギュッと座り込みそうになりながら、懸命に彼の顔の左右で両足を踏ん張った。

乳首より大きめのオサネを小刻みに吸いながらチロチロと舌を這わせると、大量の蜜汁が溢れて滴《したた》り、彼の顎《あご》までネットリと濡らしてきた。

「か、嚙んで……」

礼香が声を上ずらせてせがんできた。大丈夫かなと思ったが、日頃から過酷な稽古に明け暮れている彼女は、触れるか触れないかという微妙な愛撫より、痛いぐらいの刺激の方が好みなのだろう。

あるいは頑丈で健《すこ》やかな身体を持っているのだから、一人で激しく慰める習慣もあるのかも知れない。

甚介はそっと前歯でオサネを挟み、キュッキュッと軽く嚙んでやった。

「あうう……、いい。もっと強く……」

礼香が呻き、クネクネと腰をよじって淫水を漏らした。

あまりここばかり強い刺激も良くないだろうと、やがて彼は尻の真下に潜り込み、谷間の蕾に迫った。

桃色の蕾は、やはり日頃から稽古で力んでいるせいか、枇杷《びわ》の先のように突き出て何とも艶《なま》めかしい形をしていた。鼻を埋め込んで嗅ぐと、汗の匂いに混じって生々しい匂いが鼻腔を刺激してきた。

舌を這わせて濡らし、ヌルッと潜り込ませて滑らかな粘膜を探ると、

「く……！　そんなところを……」

礼香が驚いたように呻き、キュッときつく肛門で舌先を締め付けてきた。

彼は舌を蠢かせ、再び陰戸に戻ってオサネを吸い、舌と歯で執拗《しつよう》に愛撫した。

「も、もういい……。入れてみたい……」

やがて彼女が絶頂を迫らせたように声を震わせて言い、ビクッと股間を引き離してきた。

そして仰向けの甚介の上を移動して股間に迫った。

「大きい……。こうなっているのか……」

礼香が独りごち、そっと指で幹に触れてきた。

「い、入れる前に、唾《つば》で濡らして下さい……」

期待に肉棒を震わせて言うと、礼香も恐る恐る屈《かが》み込み、熱い息を股間に籠もらせてきた。

そして幹に指を添えながら、形良い唇をすぼめ、白っぽく小泡の多い唾液をトロリと垂らし、張りつめた亀頭に指で塗り付けた。

しかし、濡らせば済むことなのに、そのまま欲望に突き動かされたように舌を這わせ、とうとうスッポリと含んできたのである。

「アア……」

甚介は快感に喘ぎ、武家女の温かな口の中でヒクヒクと幹を震わせた。

礼香も味見するようにクチュクチュと舌をからませ、亀頭を生温かな唾液に充分にまみれさせた。

そしてスポンと口を離すと、珍しげにふぐりをいじって睾丸《こうがん》を転がし、そこにも舌を這わせてくれた。

やがて礼香は身を起こし、自分から跨がってきた。

「入れるぞ……」

「はい、最初は痛いかも知れませんが」

「何の、張り形に慣れている」

彼女は答え、先端に陰戸を押し当ててきた。挿入に慣れている生娘というのも珍しいものだった。

礼香は位置を定めると息を詰め、ゆっくり腰を沈み込ませてきた。

亀頭が潜り込むと、あとは大量の潤いでヌルヌルッと滑らかに根元まで受け入れていった。

「あぁッ……、温かい……」

礼香が完全に座り込み、顔をのけぞらせて言った。やはり血の通わぬ張り形と生身では、快感が段違いなのだろう。

彼女は甚介の胸に両手を突っ張ったまま、密着した股間をグリグリと擦りつけると、やがて身を重ねてきた。

甚介は両手で抱き留め、潜り込むようにして乳首に吸い付いた。

膨らみはそれほど豊かではなく、肩も腕も実に逞しいが、甘ったるい汗の匂いが悩ましく鼻腔を満たしてきた。

コリコリと硬くなった乳首を舌で転がし、軽く歯で刺激すると、

「あう……、もっと……」

乳首への感覚が股間に伝わったように、キュッときつく締め付けながら彼女は呻いた。

甚介は左右の乳首を順々に含んで舐め回し、軽く小刻みに噛んでから、腋の下にも鼻を埋め込んでいった。

生ぬるく湿った腋毛にも、甘ったるい汗の匂いが濃く沁み付き、その刺激が胸から一物に伝わっていった。

やがて待ちきれなかったのか、礼香が股間をしゃくり上げるように動かしはじめた。コリコリする恥骨の膨らみが痛いほど擦られ、彼もしがみつきながら股間を突き上げていった。

「ああ……、いい。もっと強く……」

礼香が喘ぎながら腰を遣《つか》い、たちまち二人の動きも一致し、クチュクチュと淫らに湿った摩擦音も聞こえてきた。

甚介は唇を重ね、舌を挿し入れて頑丈な歯並びを舐め回した。

すると礼香も歯を開いて舌をからめ、彼は生温かな唾液を味わいながら徐々に突き上げを強めていった。

四

「アアッ……、気持ちいい……。いきそう……！」

礼香が口を離して喘いだ。どうやら張り形で気を遣ったこともあり、自身の絶頂の波も分かっているようだった。

甚介は、彼女の口から吐き出される火のように熱い息を嗅ぎ、花粉のように甘い濃厚な刺激で鼻腔を満たしながら高まっていった。

礼香も膣内の収縮を高め、粗相《そそう》したように大量の淫水を漏らして動きを滑らかにさせた。

「い、いく……。アアーッ……！」

たちまち礼香が声を上げ、ガクガクと狂おしい痙攣を開始した。どうやら本格的に気を遣ってしまったようだった。

その渦に巻き込まれるように、続いて甚介も昇り詰めてしまった。

「く……！」

突き上がる大きな絶頂の快感に呻き、熱い大量の精汁をドクンドクンと勢いよくほとばしらせ、柔肉の奥深い部分を直撃した。

「ヒッ……。す、すごい……！」

噴出を感じた礼香が、駄目押しの快感を得て息を呑んだ。やはり張り形は射精しないので、実に新鮮な感覚だったのだろう。

甚介はズンズンと激しく股間を突き上げ、心ゆくまで快感を噛み締め、最後の一滴まで出し尽くしていった。

すっかり満足して動きを弱めていくと、

「ああ……」

礼香も満足げに声を洩らし、逞しい全身の強ばりを解いてグッタリともたれかかってきた。

甚介は彼女の重みと温もりを受け止め、まだ収縮する膣内でヒクヒクと過敏に幹を跳ね上げた。

「あう、駄目、感じすぎる……。もう堪忍《かんにん》……」

礼香が、打って変わって女らしい声音《こわね》で言い、一物の脈打ちを押さえつけるようにキュッときつく締め上げてきた。痛みには強くても、敏感な快楽には耐えられないようだった。

甚介も荒い呼吸を繰り返し、彼女の口に鼻を押しつけて甘い息を胸いっぱいに嗅ぎながら、うっとりと快感の余韻を味わった。

「こんなに良いものだなんて……」

礼香が忙《せわ》しげな息遣いで言った。

そして懸命に力を入れ、そろそろと股間を引き離すとゴロリと横になった。

「とうとうしてしまった……。甚介……。お前でなければ、こんなにも感じなかっただろう……」

彼女が言い、手探りで洋服から懐紙《かいし》を取り出した。そして陰戸を拭《ぬぐ》ってから身を起こし、甚介の股間に屈み込んできた。

満足げに萎《な》えかけた一物に触れ、包皮をクリッと剝《む》いて亀頭を露出させた。

「これが、精汁の匂い……。生臭くて、栗《くり》の花のような……」

礼香は呟《つぶや》き、拭く前にチロリと舌を這わせてきた。

「あう……」

甚介は呻き、ビクリと下半身を震わせたが、礼香は淫水と精汁にまみれた先端を執拗に舐め回し、亀頭を含んで吸い付いてきた。

すると、冥王丸の力によるものか、すぐにも過敏な状態を脱し、礼香の口の中でムクムクと回復していった。

「すごい、もうこんなに大きく……」

礼香は口を離して言い、なおもヌメリをしゃぶり、硬度を増していく幹を手のひらに包み込んでニギニギと動かした。

「い、いってしまいます……。お口が汚れますので……」

「構わぬ。また陰戸に入れたら、歩いて帰れなくなるから口に出して良い。私の口で果ててくれたら嬉《うれ》しい……」

礼香は言い、再び深々と呑み込んで舌をからめ、上気した頬をすぼめて吸い付いた。甚介は快感に専念し、小刻みに股間を突き上げると、彼女も顔を上下させスポスポと強烈な摩擦を開始してくれた。

たちまち甚介は高まり、旗本の女丈夫の口の中でヒクヒクと幹を震わせた。

「い、いく……！」

大きな快感に全身を貫かれると、彼は口走りながら、ありったけの熱い精汁をドクドクと勢いよくほとばしらせてしまった。

「ク……」

喉の奥を直撃されて礼香は小さく呻き、それでも噴出を受け止めてくれた。

甚介は股間を突き上げながら、唇の摩擦を味わい、心置きなく最後の一滴まで出し尽くしていった。

「ああ……」

彼は声を洩らし、グッタリと四肢を投げ出して力を抜いた。

礼香も吸引と摩擦を止め、亀頭を含んだまま口に溜まった精汁をゴクリと飲み込んでくれた。嚥下《えんか》とともに口腔《こうこう》がキュッと締まり、彼は駄目押しの快感にピクリと幹を震わせた。

ようやく彼女は口を離し、なおもしごくように幹を握って動かし、鈴口《すずぐち》に膨らむ余りの雫《しずく》まで丁寧に舐め取ってくれた。

「あうう……。ど、どうか、もう……」

過敏に反応しながら、甚介はクネクネと身悶《みもだ》えた。

礼香も舌を引っ込め、味わうように舌なめずりした。

「生臭いが美味《おい》しい。お前の強さがもらえる気がする……」

彼女が言い、まだ身繕《みづくろ》いもせず添い寝してきた。

「これからも、会えるだろうか……」

「ええ、村の中のことですから、私はいつでも出向いて参ります」

「そうか、それなら良い……」

礼香は言い、ようやく起き上がって身繕いをした。甚介も身を起こして下帯を着け、股引と着物を整えて帯に冥王丸を差した。

彼女も、みるみる颯爽たる洋装に身を包んで土間に降り、長靴を履《は》くと白い帯をきつく縛って大小を帯びた。

脱いだときは生娘で、着たときは快楽を知っている女に一変していた。

二人で見張り小屋を出ると、山道を下りながら、甚介もこの土地の寺や神社など、あちこち指して教えた。

やがて麓《ふもと》近くまで下りると、甚介は不穏な気配を感じて礼香を手で制した。

「どうした」

「下がってください」

甚介が言うなり、森の中から放たれた矢が二本飛来してきた。

彼は自然に身体が動き、冥王丸を引き抜いて二本とも叩き落としていた。

「じ、甚介……」

礼香は驚き、二人はともに森を見た。

すると三人の若侍が姿を現した。左右の男は弓を持ち、真ん中の男は短筒《たんづつ》を構えている。

単発の馬上筒《ばじょうづつ》だ。

「黒木《くろき》！　何の真似か！」

礼香が叱咤《しった》したが、三人は緊張に顔を強ばらせながらも不敵に笑った。

「そんな山猿に負けた方など、組頭とは思いません。ここで奴を葬《ほうむ》り、なかったことにする方が篠山様にも好都合かと」

「たわけたことを」

礼香は言い、鯉口を切って身構えたが、また甚介が制して前に出た。

「どうぞ、撃ってみてください」

「なに」

甚介の態度に、黒木と呼ばれた男は気色《けしき》ばみ、短筒に左手を添えて狙った。

「待て、黒木！」

礼香が声を上げると同時に破裂音が響いたが、すでに甚介は冥王丸を抜き、その平地《ひらじ》でキーンと受け止めていた。美百合の話では、遥か先の世まで冥王丸があるというから、ここで折れるわけもなかった。

「う、うわあ……」

甚介が迫ると、黒木は声を上げ、煙の上がっている銃口を下げて腰を抜かし、左右の二人も新たな矢をつがえる余裕はないようだった。

甚介は冥王丸を一閃《いっせん》させ、短筒の銃身を両断していた。

「ひい！」

三人は頭を抱えたが、すでに甚介は刀を納めていた。

「おのれら、赦《ゆる》さぬぞ！」

礼香が激昂して刀を抜いた。このまま三人を斬《き》り捨てる勢いである。

「お待ちを。頭数を減らすのは良くありませんでしょう。それに、今後は礼香様に従うはず」

甚介が言うと、三人は平伏し、必死に命乞いをしていた。

「分かった。では組に戻って謹慎《きんしん》しておれ！」

礼香が怒鳴ると、三人は得物を手に手に、一目散に逃げ去っていった。

「あの黒木は、鉄砲簞笥《たんす》奉行の息子だ。家にある短筒を持ち出したのだろうが、まさか、弾丸を弾いて鉄の銃身まで斬るとは……。短筒を壊されて、大目玉を食らうことだろう」

礼香は感嘆して言い、納刀しながら甚介の冥王丸に目を遣った。

五

「おお、帰ったか。篠山様に、お前を千枝の許婚と言ったのは、その場しのぎの出任せではないぞ」

夕刻、甚介が名主の屋敷に戻ると、庄右衛門が言った。

「はあ、恐れ入ります……」

「前からそう思っていたのだ。明日にも正式に、お前の家へ行って話すからな。祝言は次の吉日のつもりでいてくれ」

「承知致しました。よろしくお願い致します」

甚介は恭しく頭を下げ、まずは離れの自室に入って休息した。

やがて夕食となり、彼は厨《くりや》で食事を済ませると再び部屋に戻った。

床を敷き延べ、寝巻に着替えて行燈の灯を消そうとすると、またそこへ賀夜が入ってきた。

「旦那様から聞いた通り、明日二人でお前の家に行って婿養子と祝言の話をしてきます」

寝巻姿の賀夜が言った。

もちろん熟れ肌の奥は、別の目的に疼《うず》いているようだった。

「はい。もちろん私に異存などあるはずないのですが、千枝様のお気持ちは大丈夫なのでしょうか」

あれから千枝の顔を見ていないので、どうやら部屋に籠もって花嫁修業でもしているのだろう。

「むろん千枝も心から望んでいることですので。でも、まだお前は私の息子ではないので、どうか今宵も……」

賀夜が帯を解いて言い、手早く寝巻を脱ぎ去ってしまった。

甚介も寝巻を脱ぎ、互いに全裸で布団に横になった。

「あの、好きなようにして構いませんか」

「また、いけないところを舐めるのですか……」

彼が言うと、賀夜は期待を込めて答えた。よほど心地よかったのだろう。

「ええ、どうか嫌がらず、させて下さいませ」

甚介は言うと彼女を仰向けにさせ、まずは足裏に顔を押しつけていった。

「ああ……、そんなところを……」

賀夜は驚いたように言って身じろいだが、冥王丸の力によるのか、拒《こば》むこともせず身を投げ出していた。

彼は両の足裏を交互に舐め、縮こまった指の股に鼻を押しつけて嗅いだ。

今日は風呂を焚《た》いていないので、湯上がりだった昨夜と違い蒸れた匂いが濃厚に沁み付いていた。

甚介は美しく熟れた新造の足の匂いを嗅ぎ、爪先にしゃぶり付いて順々に指の間に舌を割り込ませて味わった。

「あう……、駄目。そんな……」

賀夜がビクッと足を震わせて呻き、すでに彼の術中に陥ったように朦朧《もうろう》となって悶えはじめていた。

彼は両足とも全ての指の間を舐め、味と匂いを貪り尽くしてから、股を開かせて脚の内側を舐め上げていった。白くムッチリした内腿をたどり、股間に迫ると、早くも割れ目が熱い淫水に潤いはじめているのが分かった。

「アア……」

大股開きにさせると、彼の視線を感じた賀夜が顔をのけぞらせて喘いだ。

甚介も密集した茂みに鼻を擦りつけ、隅々に籠もった生ぬるい汗とゆばりの匂いを嗅ぎ、舌を挿し入れていった。

淡い酸味のヌメリをすすり、かつて千枝が生まれ出てきた膣口を掻き回し、突き立ったオサネまで舐め上げていくと、

「アア……、いい気持ち……」

賀夜が顔をのけぞらせて喘ぎ、内腿でキュッときつく彼の両頬を挟み付けてきた。甚介も豊満な腰を抱え込んで押さえ、執拗にオサネを吸っては溢れる蜜汁を舐め取った。

さらに両脚を浮かせ、白く豊かな尻の谷間に鼻を埋め込んで嗅ぐと、昨夜は感じられなかった秘めやかな匂いも鼻腔を悩ましく刺激してきた。

舌を這わせて襞を濡らし、ヌルッと潜り込ませて粘膜を味わうと、

「く……。駄目よ、そこは……」

賀夜は呻きながらも、モグモグと味わうように肛門で舌を締め付けてきた。

甚介が舌を出し入れさせるように動かすと、鼻先にある割れ目からは白っぽく濁《にご》った淫水がトロトロと湧き出してきた。

その雫を舐め取るように舌を陰戸に戻しながら脚を下ろし、あらためてオサネに吸い付くと、

「お、お願い。入れて……」

賀夜が絶頂を迫らせたように言った。

甚介も股間から離れて身を起こし、勃起した一物を彼女の鼻先に突き付けた。

「どうか、少しだけ唾で濡らして下さい……」

言うと、思った通り賀夜も拒まず先端に舌を這わせ、鈴口から滲《にじ》む粘液を舐め取りながら亀頭をくわえ込んでくれた。

根元まで押し込むと、先端がヌルッとした喉の奥に触れた。

「ンン……」

賀夜も熱く鼻を鳴らして彼の恥毛をくすぐり、頬をすぼめて吸いながらネットリと舌をからみつかせてきた。

やがて充分に濡れると、甚介は彼女の股間に戻り、本手《ほんて》（正常位）で先端を濡れた陰戸に押しつけ、ゆっくり挿入していった。

ヌルヌルッと根元まで嵌《は》め込み、肉襞の摩擦と温もりを味わうと、

「ああ……、いいわ……」

賀夜が身を弓なりに反らせて喘ぎ、両手を伸ばして彼を抱き寄せた。

甚介も身を重ね、屈み込んで左右の乳首を吸い、充分に舌で転がしてから腋の下にも鼻を埋め込んだ。

腋毛には、何とも甘ったるい汗の匂いが沁み付き、彼は胸を満たしながら徐々に腰を突き動かしていった。

「あう、もっと強く……」

賀夜も下からしがみつきながら、合わせてズンズンと股間を突き上げてきた。

甚介も次第に強く律動しながら、お歯黒の間から漏れる熱く甘い吐息を嗅いで興奮と快感を高めた。

そのまま唇を重ね、ネットリと舌をからめ、滑らかな感触と生温かな唾液を味わった。互いの動きが一致し、揺れてぶつかるふぐりも濡れ、収縮が激しくなっていった。

「ああ、上手よ……。これなら千枝を任せられるわ……」

賀夜が口を離して熱く囁《ささや》いた。娘の許婚と交わり、禁断の快感に包まれているのだろう。

甚介も絶頂を迫らせ、間もなく義母となる美しい新造の口に鼻を擦りつけ、白粉臭の息と唾液の匂いで鼻腔を刺激されながら、股間をぶつけるように突き動かし続けた。

「アア……、いく。気持ちいい……！」

たちまち賀夜が声を洩らし、ガクガクと腰を跳ね上げて気を遣ってしまった。

甚介は、暴れ馬にしがみつく思いで動きを合わせ、続いて昇り詰めていった。

「く……！」

突き上がる快感に呻き、熱い精汁をドクンドクンと勢いよく注入した。

「あう、もっと……！」

噴出を感じた賀夜が呻き、キュッときつく締め付けてきた。

彼女が気を遣ると柔肉が締まり、一物が押し出されそうになるので、グッと密着させて蠢動《しゅんどう》を味わった。恐らく、これは春本《しゅんぽん》で読んだ名器の一種なのだろうと思った。

やがて出し切ると、彼は徐々に動きを弱め、熟れ肌に身体を預けていった。

賀夜も次第に肌の硬直を解いてグッタリとなり、力を抜いて身を投げ出した。

「ああ……、昨日より良かったわ。すごく……」

彼女が息も絶えだえになって言った。

やはり湯上がりでなかった分、羞恥が加わったし、足も舐められ、一物もしゃぶったので高まりが段違いだったのだろう。

甚介自身は、収縮する膣内でヒクヒクと過敏に幹を震わせ、熱く甘い息を嗅ぎながら、うっとりと快感の余韻を味わった。

互いに荒い呼吸を混じらせ、溶けて混じり合うように重なっていたが、やはりあまり長く乗っているのも悪いので、甚介はそろそろと股間を引き離し、ゴロリと横になっていった。

賀夜が懐紙を手にして陰戸を拭い、彼の一物も包み込むようにして拭き清めてくれた。

「あの、恐い篠山様に睨まれなかった……？」

賀夜が、ずっと気がかりだったように訊いてきた。

「ええ、大丈夫です。たまに見張り台へ呼ばれるかも知れませんが、悪い人ではありませんし、むしろ他の侍たちを厳しく取り締まっていますので」

「そう、それなら良いけれど……」

賀夜も安心したように答えたが、もし甚介が見張り小屋で礼香と交わったなどと知ったら、一体どんな顔をするだろうかと思った。

第三章　生娘《きむすめ》の熱き羞恥と欲望

一

「ねえ甚介。いえ、旦那様《だんなさま》と呼ばないといけないかしら……」

昼過ぎに、千枝が離れへ来て言った。

庄右衛門と賀夜は、甚介の実家へ手土産《てみやげ》を持って挨拶《あいさつ》に出向いている。

甚介の二親はもういないので、長兄夫婦が相手をしているが、名主様《なぬし》への養子縁組なら否《いな》やがあろうはずもなく、恐らく驚き、恐縮しながら承諾していることだろう。

屋敷の奉公人たちも、今日はそれぞれの家へ帰っているので、夕刻まで甚介は千枝と二人きりであった。

「いいえ、まだ祝言《しゅうげん》も挙げていないのですから、どうか今まで通りに」

甚介は言い、無垢《むく》な千枝に激しい淫気を催《もよお》してしまった。

同じ生娘《きむすめ》でも、礼香の場合は張り形の挿入に慣れていたから、厳密な無垢とは違うだろう。

「でも、本当に私で良いのかしら……」

千枝が、一抹《いちまつ》の不安を表して言った。

「いえ、私の方こそ、よろしいのでしょうか」

「だって、甚介はお侍にも引けを取らない腕と度胸があって、あんな恐ろしく大きな篠山様を相手にしても怯《ひる》まないもの」

「武士になるのは止《や》めたので、この村にいる以上、名主様の家族になるほど光栄なことはありません」

「そう……、本当に止めたのね。刀を買いにいくと言って出て行ったときは、もう二度と会えないような気がしていたの……」

千枝が言う。

甚介も幼い頃から屋敷には出入りしていたし、子供たちを集めた寺の手習いでも一緒だったから、一つ年下の千枝は、名主のお嬢様というよりも幼馴染《おさななじ》みなのである。

「ええ、本当に止めましたので、嫌でなければ一緒になって下さい。もう私の親もいないので、名主様と賀夜様を親と思って孝行もしたいので」

その親と交わってしまったのだが、甚介は神妙に言った。

「ええ、私の方こそ、何も出来ないけれど……」

千枝が言って俯《うつむ》くと、甚介は慕情を募《つの》らせてにじり寄った。

そして肩を抱き寄せると、彼女が驚いたようにビクリと身じろいだ。

「もう、男と女のことは知っているの？」

「ううん……。おっかさんからは、ただ旦那様に言われた通りにしろとだけ」

千枝がモジモジと小さく答えた。

「そう、何をするかは知っているのかな」

「手習いの仲間と話して、子作りのためにアソコを合わせるのだっていうことぐらいは。その子が家にあった春本《しゅんぽん》を持ってきて、絵は見たけれど、何だか気持ち悪かったわ……」

「自分でいじったことは？」

「そんなに訊かないで、恥ずかしいから……」

千枝が言い、とうとう甚介は興奮に突き動かされて唇を求めてしまった。

顔を寄せると彼女が長い睫毛《まつげ》を伏せ、ピッタリと唇を重ね合わせると、柔らかな感触と、ほのかな唾液の湿り気が感じられた。

甚介は舌を挿《さ》し入れ、唇の内側と滑《なめ》らかな歯並びを舐めた。

「ンン……」

千枝は熱く息を漏らし、やがて怖《お》ず怖《お》ずと歯を開いて侵入を受け入れた。

彼は舌を触れ合わせ、生温かな唾液に濡れた舌を舐め回し、滑らかな感触を味わった。

さらに胸に手を這わせて優しく揉《も》むと、

「アア……」

千枝が口を離してのけぞり、熱く喘《あえ》いだ。

笑窪《えくぼ》の浮かぶ頬が上気し、開いた口から愛らしい八重歯《やえば》が覗《のぞ》いていた。

口から洩れる息は熱く湿り気を含み、野山の果実のように甘酸っぱい芳香が感じられ、甚介はゾクゾクと興奮を高めていった。

「ね、脱ごう……」

甚介が言って帯に手をかけると、彼女も自分で解きはじめてくれた。

彼は手早く床を敷き延べ、自分も着物を脱いでいった。

千枝も、誰もいない今日、それなりの覚悟を決めていたようで、脱ぎはじめるとためらいなく、たちまち腰巻まで取り去って一糸《いっし》まとわぬ姿になった。

互いに全裸になると、甚介は千枝を仰向けにさせた。

生娘の呼吸が羞恥と不安に震え、白い乳房が息づいていた。

賀夜に似て膨《ふく》らみは意外に豊かなお椀形《わんがた》で、さすがに乳首と乳輪は初々《ういうい》しく淡い桜色だった。

昨夜も入浴していないから、健《すこ》やかな肌からは甘ったるい汗の匂いが可愛らしく漂っていた。

もう堪《たま》らずに甚介は屈《かが》み込み、無垢な乳首にチュッと吸い付き、舌で転がしながら顔中を膨らみに押しつけると、まだ硬い張りと弾力が伝わってきた。

「アア……」

千枝が熱く喘ぎ、くすぐったそうにクネクネと身悶《みもだ》えた。

甚介は充分に味わってから、もう片方の乳首も含んで舐め回し、さらに腕を差し上げて腋《わき》の下にも鼻を埋め込んでいった。

そこは和毛《にこげ》が生ぬるく湿り、さらに甘ったるい汗の匂いが濃く沁み付いて、悩ましく鼻腔《びこう》を掻き回してきた。

胸いっぱいに嗅《か》いで酔いしれると、甚介は滑らかな肌を舐め下り、愛らしい臍《へそ》を舐め、張りつめた下腹の弾力も顔中で味わった。

そして腰からムッチリした太腿へ舌でたどり、脚を舐め下りていった。

千枝は朦朧《もうろう》とし、ただ仰向けになって身を投げ出し、荒い息遣《いきづか》いを繰り返しているだけだった。

足首まで舐めると足裏へと回り、舌を這わせながら縮こまった指の間に鼻を割り込ませて嗅いだ。そこはやはり汗と脂《あぶら》に生ぬるく湿り、蒸《む》れた匂いが濃く沁み付いていた。

彼は美少女の足の匂いを貪《むさぼ》り、爪先にしゃぶり付いて、順々に指の股に舌を挿し入れて味わった。

「あう、駄目《うめ》……」

千枝が呻き、やはりくすぐったそうにヒクヒクと下半身をよじらせた。

甚介は両足とも味と匂いを貪り尽くし、やがて股を開かせて腹這い、脚の内側を舐めながら股間に進んでいった。

見ると、ぷっくりした丘には、ほんのひとつまみほどの若草が恥ずかしげに煙っていた。

肉づきが良く丸みを帯びた割れ目からは、小ぶりの花びらが僅《わず》かにはみ出していた。

そっと指を当てて陰唇を左右に開くと、中の綺麗な桃色の柔肉は蜜汁に潤《うるお》い、無垢な膣口が花弁状の襞を入り組ませて息づいていた。小さな尿口の穴も確認でき、包皮の下からは小粒のオサネも顔を覗かせていた。

「ああ……。は、恥ずかしい……」

千枝が激しい羞恥に声を震わせたが、あまりに清らかな眺めに吸い寄せられ、甚介は顔を埋め込んでいった。

柔らかな若草に鼻を擦《こす》りつけて嗅ぐと、生ぬるい汗とゆばりの混じった匂いが悩ましく鼻腔を刺激してきた。

胸いっぱいに吸い込みながら舌を這わせ、中に挿し入れていくと、淡い酸味のヌメリが動きを滑らかにさせた。

膣口の襞をクチュクチュ掻き回し、ゆっくり味わいながらオサネまで舐め上げていくと、

「アアッ……！　駄目……」

千枝が顔をのけぞらせて喘ぎ、彼の顔を内腿できつく挟み付けてきた。

甚介はもがく腰を抱え込んで押さえ、舌先でチロチロと小刻みにオサネを舐めながら目を上げ、ヒクヒクと波打つ下腹の反応と、熱く喘いでいる彼女の表情を観察した。

やはり生娘でも、オサネを刺激すると淫水の量が格段に増してきた。これも、賀夜に似て濡れやすいたちなのかも知れない。そして千枝は返事を濁《にご》したが、こっそり自分でいじり、感じたり濡れたりすることは知っているのだろうと思った。

やがて充分に味と匂いを堪能すると、彼は千枝の両脚を浮かせ、大きな白桃《はくとう》のような尻に迫った。

双丘を指で広げると、谷間の奥には、ひっそりと桃色の蕾《つぼみ》が閉じられ、綺麗に揃った襞を息づかせていた。鼻を埋めると、弾力ある尻の丸みが顔中に密着し、秘めやかな微香が籠もり、悩ましく鼻腔を掻き回してきた。

甚介は美少女の可愛い匂いを吸収してから、舌を這わせて襞を濡らし、ヌルッと潜り込ませて粘膜を味わった。

「く……！」

千枝が息を詰めて呻き、肛門できつく舌先を締め付けてきた。

甚介は内部で舌を蠢《うごめ》かせ、ようやく脚を下ろすと再び舌を陰戸《ほと》に戻し、新たに溢《あふ》れている蜜汁をすすった。

さらにチュッとオサネに吸い付くと、

「アア……。も、もう堪忍《かんにん》……」

絶頂を迫らせたのか、千枝が嫌々をして腰をくねらせた。

彼も、ようやく股間から離れて身を起こし、一物《いちもつ》を進めていった。

二

「いい？　入れてみても……」

囁《ささや》くと、千枝は目を閉じたまま小さくこっくりした。

甚介は激しく勃起している幹に指を添えて下向きにさせ、先端を濡れた割れ目に擦りつけ、潤いを与えながら位置を定めた。

やはり礼香と一つになったときより、格段の緊張と喜びがあった。何しろ千枝は、自分の妻になる可憐《かれん》な娘なのである。

やがて彼は、ゆっくりと押し込んでいった。

張りつめた亀頭が無垢な膣口を丸く押し広げ、ズブリと潜り込んだ。あとはヌメリに任せ、痛みも一瞬で済むよう一気にヌルヌルッと貫いた。

「あう……！」

千枝が脂汗を滲《にじ》ませ、眉をひそめて呻いた。

さすがに入り口はきつく、中も狭かったが、それでも大量の潤いに助けられ、一物は根元まで呑み込まれ、ピッタリと嵌《は》まり込んだ。

じっとしていても息づくような収縮が繰り返され、一番奥深い部分からはドクドクと熱い躍動さえ伝わってきた。

千枝は、呼吸まで忘れたように身を凍り付かせていた。

甚介は熱いほどの温もりときつい感触を味わい、身を重ねていった。

すると千枝も、支えを求めるように下から両手を回してしがみついてきた。

胸の下では押し潰《つぶ》された乳房が心地よく弾み、ほんのり汗ばんだ肌が吸い付き合った。

様子を探りながら、そろそろと腰を前後に動かしはじめると恥毛が擦れ合い、コリコリする恥骨の膨らみも伝わってきた。

「く……！」

「大丈夫？　止《よ》そうか？」

「平気よ……」

千枝が呻くので囁くと、彼女は健気《けなげ》に答えた。

甚介も、止めようかと言いつつ、いったん動きはじめるとあまりの快感に腰が止まらなくなってしまった。

淫水も充分に溢れ、次第に彼女も破瓜《はか》の痛みが麻痺《まひ》してきたのか、いつしか滑らかに動けるようになっていった。

「ああ……。何だか、いい気持ち……」

やがて千枝が言い、下からも股間を突き上げはじめてきた。

あるいは刀と鞘《さや》は陽と陰、男女和合の象徴でもあるから、ここでも冥王丸の力が働き、初回から快楽が得られるようになってきたのかも知れない。

甚介は動きながらジワジワと絶頂を迫らせ、上から唇を重ねて舌をからめては生温かく清らかな唾液をすすった。

そして喘ぐ口に鼻を押し込み、湿り気ある甘酸っぱい息を胸いっぱいに嗅ぎながら、とうとう昇り詰めてしまった。

「い、いく……！」

甚介は突き上がる快感に口走り、熱い大量の精汁をドクンドクンと勢いよく内部にほとばしらせた。すると中に満ちる精汁で、さらに動きがヌラヌラと滑らかになった。

「アア……」

千枝も喘ぎ、まだ気を遣《や》るには到らないが、無意識に嵐が通り過ぎたことを悟ったようだった。

彼は絶頂の最中だけは気遣いも忘れ、股間をぶつけるように突き動かしながら心置きなく最後の一滴まで出し尽くしていった。

ようやく動きを弱め、力を抜いてもたれかかり、膣内でヒクヒクと過敏に幹を跳ね上げた。千枝はもうグッタリと四肢を投げ出し、荒い呼吸を繰り返しているばかりだ。

甚介は、彼女の吐き出す可愛らしい果実臭の息を嗅ぎ、うっとりと快感の余韻を味わった。そして呼吸を整えると、そろそろと股間を引き離し、懐紙《かいし》で手早く一物を拭《ぬぐ》うと、千枝の股間に顔を潜り込ませた。

陰唇が痛々しくめくれ、膣口から逆流する精汁にうっすらと破瓜の鮮血が混じっていた。

それでも大した出血ではなく、ほんの少量で、すでに止まっていた。

彼は優しく懐紙を当てて拭ってやり、とうとう最も求めていた千枝と交わった感慨に耽《ふけ》った。

「起きられるかな。お風呂場へ行こう」

甚介は言って千枝を支え起こし、互いに全裸のまま離れを出ると風呂場へと行った。

今日は、甚介の実家へ行ってくれている庄右衛門と賀夜を労《ねぎら》うため、すでに風呂が焚《た》きつけてあるのだ。まだぬるいが、冷水よりはましであろう。

千枝を椅子に座らせ、甚介は手桶《ておけ》に湯を汲《く》んで、生娘でなくなったばかりの陰戸を洗い流してやった。

そして自分の股間も洗うと、彼は簀《す》の子《こ》に座り込んだまま、千枝を目の前に立たせた。

「こうして、足をここに」

甚介は言い、千枝の片方の足を浮かせて風呂桶のふちに乗せ、開かれた股に顔を埋め込んだ。

千枝は羞じらいにガクガク脚を震わせながら、言いなりになっていた。

彼は濡れた茂みに鼻を埋めて嗅いだが、もう大部分の千枝本来の匂いは薄れてしまっていた。

舐めると新たな淫水が溢れ出て、舌の動きを滑らかにさせた。

「あん……、また感じちゃうわ……」

千枝がビクリと尻込みして喘いだ。

「ね、ゆばりを放って」

「え……、む、無理よ。そんなこと……」

彼が股間から言うと、千枝は嫌々をして答えた。

「ほんの少しでいいから」

甚介は言い、陰戸に吸い付いた。

本当なら、今後一生添い遂げる相手なのだから性急に何もかも味わわなくても良いようなものだが、やはり高まる淫気は、いま目の前にいる美少女を求めているのだった。

「ああ、駄目よ。出ちゃいそう……」

千枝が声を震わせて言った。それでも徐々に尿意を高めてくれているようで、これも冥王丸の力のようだった。

やがて舐めているうち、割れ目内部の柔肉が迫《せ》り出すように盛り上がり、味わいと温もりが変化してきた。

「あう、出るわ。離れて……」

千枝が言って腰を引き離そうとしたが、甚介は腰を抱えて顔を押しつけたままだった。たちまち温かな流れがチョロチョロとほとばしり、彼は嬉々《きき》として口に受け止めた。

味も匂いも淡く控えめで、彼は何の抵抗もなく喉に流し込んだ。

「アア……」

千枝は喘ぎ、今にも座り込みそうなほど膝をガクガクさせ、ゆるゆると放尿を続けた。勢いがつくと口から溢れた分が温かく胸から腹に伝い流れ、すっかり回復している一物を心地よく浸した。

やがて急に勢いが衰えて流れが治まると、甚介は割れ目に口を付けたまま余りの雫《しずく》をすすり、柔肉を舐め回した。

すると、すぐにも新たな淫水が溢れて淡い酸味のヌメリが満ちていった。

「も、もう駄目……」

千枝が言って足を下ろし、そのままクタクタと座り込んでしまった。

それを抱き留め、甚介はもう一度互いの全身を洗い流して、力が抜けかかった彼女を支えて立たせた。

身体を拭いて全裸のまま離れの布団に戻ると、また横になって添い寝した。

抱き寄せたまま千枝の手を握り、強《こわ》ばりに導いていった。

彼女も、触れると恐る恐る指を這わせ、張りつめた亀頭や幹、ふぐりも探ってから、やんわりと一物を握ってくれた。

「こんなに大きなものが入ったの……？」

千枝が囁き、ニギニギと動かしてくれた。

「ああ、気持ちいい。また出したい……」

「今日はもう堪忍。歩けなくなりそうだし、まだ何もしていないふりをしないといけないから……」

甚介が言うと、千枝は小さく答えた。

「じゃ、このまま指でして……」

彼は仰向けになって言い、千枝の無邪気《むじやき》な愛撫で最大限に膨張していった。

そして顔を引き寄せて舌をからめ、生温かな唾液と甘酸っぱい息を心ゆくまで味わった。

「もっと唾《つば》を出して。いっぱい飲みたい……」

「どうして、汚いのに……」

せがむと、千枝は言いながらも懸命に唾液を分泌させ、可憐な口を寄せてくれた。何しろゆばりまで飲まれたのだから、唾液ぐらいどうということはないのかも知れない。

やがて白っぽく小泡の多い粘液がトロトロと吐き出されると、甚介は舌に受けてうっとりと味わい、甘美な興奮とともに喉を潤した。

三

「もっと、顔中もヌルヌルにして……」

甚介が言うと、千枝も羞じらいながら従い、可愛い唇から唾液を垂らし、それを舌で彼の顔に塗り付けてくれた。

甘酸っぱい息の匂いとともに、滑らかな舌が鼻筋から頬に這い回り、たちまち彼の顔中は美少女の生温かく清らかな唾液でヌラヌラとまみれた。

その間も指の愛撫は続き、甚介は激しく高まってきた。

「い、いきそう……」

彼女が喘ぐと、千枝が指の動きを止めた。

「ね、近くで見てもいい？」

彼女が言い、返事も待たずに顔を移動させていった。

甚介が仰向けのまま大股開きになると、千枝は真ん中に腹這い、股間に顔を寄せてきた。

「こうなっているのね。すごいわ。女と全然違う……」

千枝が熱い視線を注ぎ、息でくすぐりながら言った。

すると彼女は、何と甚介の両脚を浮かせてきたのだ。

「いいよ、そんなことしなくて……」

「ううん、私も恥ずかしかったけど、気持ち良かったから……」

遠慮がちに言うと千枝は答え、すぐにも彼の肛門に舌を這わせてくれた。

チロチロとくすぐるように舐めて濡らし、尖《とが》らせた舌先をヌルッと潜り込ませてきたのだ。

「あう……」

甚介は、申し訳ないような快感に呻き、肛門で美少女の舌先を締め付けた。

千枝も熱い鼻息でふぐりをくすぐり、内部で懸命に舌を蠢かせてくれた。

「も、もういい、有難う……」

彼が言って脚を下ろすと、千枝も舌を引き離し、そのままふぐりを舐め回してくれた。二つの睾丸《こうがん》を舌で転がし、袋全体を生温かな唾液にまみれさせると、いよいよ肉棒に迫った。

「おかしな形……。太くて大きなキノコみたい……」

千枝が無邪気に言い、一物の裏側を舐め上げてきた。

滑らかな舌先が先端まで来ると、彼女は粘液の滲む鈴口《すずぐち》を舐め回し、さらに自分の初物を奪ったばかりの亀頭にしゃぶり付いてくれた。

舌を這わせて張りつめた亀頭を含み、そのままモグモグとたぐるように根元まで頬張った。

熱い鼻息が恥毛をくすぐり、唾液に濡れた口が丸く幹を締め付けて吸い、口の中ではクチュクチュと舌がからみついた。

「アア……、気持ちいい……」

甚介も快感に喘ぎ、美少女の口の中で清らかな唾液にまみれた幹をヒクヒクと震わせた。

そして快感に任せ、ズンズンと小刻みに股間を突き上げると、千枝も懸命に合わせて顔を上下させ、濡れた口でスポスポと摩擦してくれた。

「い、いく……！」

たちまち甚介は絶頂を迫らせ、警告を発するように口走ったが、千枝は一向に強烈な愛撫を止めなかった。

もう限界である。

甚介はそのまま昇り詰め、大きな絶頂の快感に全身を貫かれてしまった。

同時に、ありったけの熱い精汁がドクンドクンとほとばしり、さすがに美少女の口に出すことへの禁断の思いで快感が増した。

「ク……、ンン……」

喉の奥を直撃された千枝は、小さく呻きながらも噴出を受け止めてくれた。

なおも吸引と摩擦が繰り返され、甚介は心ゆくまで快感を味わい、最後の一滴まで絞り尽くしてしまった。

すっかり満足してグッタリと身を投げ出すと、もう出ないと知った千枝も摩擦と舌の動きを止め、亀頭を含んだまま口に溜まった精汁をコクンと飲み干してくれた。

「あう……」

甚介はキュッと締まる口腔《こうこう》に刺激されて呻き、ヒクヒクと幹を震わせた。

ようやく千枝もチュパッと口を離し、なおも幹をニギニギしながら余りの精汁を搾《しぼ》り出し、鈴口に膨らむ白濁《はくだく》の雫まで、ペロペロと丁寧に舐め取ってくれたのだった。

「く……。も、もういい……」

甚介は口走り、腰をくねらせて過敏に反応した。

ようやく千枝も舌を引っ込めて再び添い寝すると、甘えるように肌をくっつけてきた。

「飲んじゃったわ、甚介の子種……」

「気持ち悪くない……？」

「ええ、大丈夫。甚介の出したものだから美味《おい》しい……」

千枝は囁き、その吐息に精汁の生臭さは残らず、さっきと同じ可愛らしく甘酸っぱい匂いがしていた。

甚介は千枝の温もりと匂いを味わいながら、うっとりと快感の余韻に浸り込んでいったのだった……。

——やがて庄右衛門と賀夜が帰宅し、甚介も厨《くりや》ではなく母屋《おもや》に呼ばれて夕餉《ゆうげ》を囲んだ。

「お前の兄さんも、快く承諾してくれた」

庄右衛門は、一本つけて上機嫌で言った。

まあ甚介の兄も、婿《むこ》入りに反対する理由など一つもないので、すんなり話はまとまったようだった。

千枝もごく普通の態度なので、親たちは彼女が初物を散らしたなど夢にも思っていないだろう。

それよりも今は、庄右衛門も甚介との話に夢中だった。

「はい、どうかよろしくお願いします」

「ああ、村そのものには、特に厄介《やっかい》な問題はない。今年も田畑は潤うだろうし、野武士が襲ってくる心配もない。ただ、野武士より困るのが戦《いくさ》だ」

庄右衛門が、眉を曇らせて言う。

「江戸へ押し寄せてくるという薩長軍だが、この村を通らずに済んでくれれば良いのだが」

「ええ、でも幕軍の見張り台もありますしね。敵方からも、攻める目印になりそうです」

「そうなのだ。お前も何かと呼び出されるかと思うが、どうか危ないことにならないよう、上手《うま》く立ち回ってくれ」

「承知致しました」

甚介は答え、やがて夕餉を終えると彼は離れへ引き上げた。

そして順々に入浴を終えると最後に入り、その夜は賀夜の来訪もなく、大人しく寝たのだった。

四

「何だかお前、人が変わったようだな。脇差なんか差して」

翌朝、甚介が実家へ行くと、兄の喜助《きすけ》が言った。

婚儀の話もまとまったので、甚介も挨拶に出向き、僅かな私物を取りに来たのである。

「それにしても驚いたぞ。名主の家に婿養子とはな」

「ええ、私もです」

「まあ、お前は手習いでも出来が良かったからな、百姓仕事より名主の手伝いの方が合っているかも知れん」

三十になる喜助は、言って莨《タバコ》の煙をくゆらせた。

次兄は十年前に病死、三男は子のない農家へ養子に入り、四男は大工として住み込みの見習い中だった。

「じゃ、畑へ行くからな、また祝言の日に」

喜助は煙管《キセル》の灰を囲炉裏《いろり》に落とし、ふっと煙を吐き出すと煙管をしまって立ち上がった。

やがて兄が出て行くと、嫁の花《はな》が甚介に着替えの下帯《したおび》や襦袢《ジュバン》を出して包んでくれた。他に私物といっても、数冊の本だけだ。

狭い部屋には、年子の赤ん坊が二人眠っている。

「じゃ、甚介さん、うちからは何もしてあげられないけれど、くれぐれも名主様によろしく」

二十七歳になる花が、荷を差し出して言った。賀夜ほどではないにしろ、村の中では器量よしの方だった。

「はい、義姉《ねえ》さんにも大変お世話になりました」

甚介は言い、ふと花が脂汗を浮かべ苦しげにしていることに気づいた。

それが冥王丸の力により、乳が張って辛《つら》いことが分かってしまった。

「あの、もしかしてお乳が……」

「ええ、多い方で、さっき二人に飲ませて寝かしつけたばかりなのに……」

「私が吸い出しましょう」

甚介は、ムクムクと勃起しながら言った。

彼は以前から名主の家に出入りし、賀夜と千枝の母娘《おやこ》はもとより、やはり同じ屋根の下に住んでいる兄嫁の花も、多く手すさびの妄想でお世話になっていたのである。

「え……？」

「ご遠慮なく、もう義姉さん孝行もあまり出来ませんので」

甚介は言い、彼女も拒《こば》んでいないことが分かった。むろんためらいはあるだろうから、彼の方からにじり寄っていった。

すると、花もすぐに胸をはだけると、白く豊かな乳房を露《あら》わにさせてくれたのだった。

濃く色づいた乳首には、ポツンとした白濁の雫が浮かんでいる。

甚介はチュッと乳首を含み、雫を舐め取りながら強く吸い付いた。

最初はなかなか出ないが、乳首の芯を唇で強く挟んで吸うと、やがて生ぬるく薄甘い乳汁《ちしる》が出て舌を濡らしてきた。

彼はうっとりと味わい、甘ったるく濃厚な兄嫁の体臭に包まれながら喉を潤して酔いしれた。

「ああ……。飲まずに吐き出せば良いのに……」

花が熱く喘ぎながら言い、義弟の顔をきつく胸に抱きすくめてきた。

やはり張りの和《やわ》らぐ心地よさばかりでなく、淫気も催しているのだろう。

おそらく二人の子が出来てからは、喜助もろくに夜の相手をしていないのではなかろうか。

飲み込み続けていると、心なしか膨らみの張りも和らぎ、彼はもう片方の乳首も含んで吸い、新鮮な乳汁を飲み込んでいった。

「アア……、いい気持ち……」

花が言い、すうっと力が抜けるように、甚介の顔を胸に抱いたまま横になってしまった。

やがて甚介は、左右の乳首を充分に味わい、もう出なくなるまで乳汁を飲んで舌で転がした。いつしか乳首はツンと硬く突き立ち、花もうねうねと身悶えはじめていた。

「も、もういいわ、楽になったから……。どうも有難う……」

花は言い、それでも身を起こさず、彼の顔を抱きすくめたままだった。

「ねえ、甚介さん。千枝さんを嫁にするなら、粗相《そそう》があってはならないわ。まだ何も知らないのなら、どうか私を相手に試しに……」

「いいのですか……」

「ええ、最後までしてみて……」

彼女が言い、横になったまま裾《すそ》をまくり上げてしまった。

「どのようなものか、見てもいいですか」

無垢なふりをして言い、彼は起き上がった兄嫁の下半身に移動した。

「す、少しだけなら……」

花も答え、甚介は白くムッチリした脚に迫った。

出産と育児で、ここのところ野良仕事からは離れているので、肌も本来の白さを取り戻しているようだ。

甚介は爪先に鼻を寄せ、指の股の蒸れた匂いを貪り、しゃぶり付いて汗と脂の湿り気を味わった。

「あう、何をするの……！」

「済みません。義姉さんの脚が色っぽいものだから」

言われて答え、彼は両足とも味と匂いを確認すると、すぐ大股開きにさせて腹這いになった。

滑らかな内腿を舐め上げて股間に顔を寄せると、すでに割れ目からはみ出した陰唇はネットリとした蜜汁にまみれていた。きっと乳を吸っているときから濡れはじめていたのだろう。

指で広げると、二人の子を生んでいても膣口は可憐で艶《なま》めかしかった。

オサネも光沢を放ってツンと突き立ち、股間には悩ましい熱気と湿り気が渦巻くように籠もっていた。

「さあ、もう見たから分かるでしょう。入れてごらんなさい……」

「ええ、でも少しだけ……」

言われて、甚介はギュッと顔を埋め込み、密集した茂みに鼻を擦りつけ、濃厚な汗とゆばりの匂いを嗅いだ。

胸を満たしながら舌を挿し入れて蠢かすと、やはり淡い酸味のヌメリが生ぬるく溢れ、彼は膣口からオサネまで舐め上げていった。

「あう！　駄目、そんなこと……！」

花は呻いて言い、内腿でキュッときつく彼の両頬を挟み付けてきた。しかし次第に朦朧となり、突き放す力も出ないようだった。

甚介はオサネを吸い、さらに両脚を浮かせて白く豊かな尻の谷間にも鼻を埋め込み、桃色の蕾に籠もった生々しい匂いで鼻腔を刺激された。

そこにも舌を這わせてヌルッと押し込み、滑らかな粘膜を味わってから再び陰戸に戻っていった。

「も、もう堪忍……」

花が嫌々をして激しく身悶えたが、赤ん坊たちを起こさぬよう大きな喘ぎ声だけは必死に堪《こら》えていた。

ようやく甚介は起き上がり、自分も裾をまくって股引《ももひき》と下帯を脱ぎ去り、ピンピンに勃起した一物を露わにした。

「ね、少しだけお願いします……」

花の顔に股間を突き出し、先端を鼻先に押しつけていった。

するど彼女もすぐにパクッと亀頭を含み、吸い付きながらチロチロと舌をからませてくれた。

「ああ、気持ちいい……」

甚介が奥深くまで押し込みながら喘ぐと、花の舌の蠢きと吸引にも嬉《うれ》しげに熱が籠もったが、やがて苦しげにスポンと口を離した。やはり早く入れてほしいのだろう。

彼もすぐ花の股間に戻り、両脚を浮かせ、唾液にまみれた先端を濡れた陰戸に押しつけ、ゆっくり挿入していった。

ヌルヌルッと滑らかに根元まで嵌まり込むと、

「アアッ……、いい……!」

花がビクッと顔をのけぞらせて喘ぎ、キュッときつく締め付けてきた。

甚介も肉襞の摩擦と締め付けを味わいながら股間を密着させ、脚を伸ばして身を重ねていった。

互いに裾をめくった着衣のまま、肝心な部分だけが繋がっているというのも淫靡《いんび》な興奮が湧いた。乳房に屈み込むと、また乳首からは新たな乳汁が滲み出ていた。

甚介は何度か腰を前後させ、心地よい摩擦を味わったが、

「あうう、いきそう……」

花が下からしがみつきながら喘ぎ、あまりに激しく股間を突き上げるので、角度が合わずヌルッと引き抜けてしまった。

「どうか、義姉さんが上になって下さい……」

「私が上に……？」

言って添い寝すると、花は戸惑いながらも身を起こし、仰向けになった彼の股間に跨《また》がってくれた。

そして再び上から根元まで納めると、すぐにも身を重ねてきた。

「お乳を、搾って下さい……」

甚介が内部で幹を震わせながら言うと、花も腰を遣いはじめながら自ら両手で乳首をつまみ、胸を突き出してきた。

ポタポタと滴《したた》る乳汁を舌に受けて味わい、さらに無数の乳腺から霧状になったものを顔中に受けながら、甚介は生ぬるく甘ったるい匂いの中で激しく高まっていった。

「ああ、もう駄目……」

花が言って、力尽きたように乳首から手を離すと身体を預けてのしかかり、乳汁に濡れた彼の顔中に舌を這わせてきた。

甚介も唇を重ねて舌をからめ、滑らかな感触と唾液のヌメリを味わった。

花の吐息は甘い匂いが濃く、悩ましい刺激となって鼻腔を掻き回してきた。

喘ぐ口に鼻を押しつけて嗅ぐと、彼女もヌラヌラと舌を這わせてくれた。

次第に膣内の収縮が高まり、粗相したように大量の淫水が溢れて動きが滑らかになった。

クチュクチュと淫らに湿った摩擦音も響き、やがて花はガクガクと狂おしく痙攣《けいれん》し、先に気を遣ってしまった。

「い、いく……。アアーッ……!」

声を上ずらせ、激しく股間を擦りつけてきた。

続いて甚介も昇り詰め、大きな快感とともに熱い大量の精汁をドクンドクンと勢いよく柔肉の奥へほとばしらせた。

同居しているときは、兄嫁と交わるなど考えられなかったが、彼が家を離れるにあたり、花もその気になってくれたのだろう。もちろん冥王丸の力もあり、彼女は何度も快楽の大波に身悶えた。

甚介は快感を味わい、心置きなく最後の一滴まで出し尽くし、満足しながら突き上げを弱めていった。

「ああ……、すごい……」

花も肌の強ばりを解いて言い、グッタリと身体を預けてきた。

彼は内部でヒクヒクと幹を過敏に跳ね上げ、兄嫁の甘い吐息を間近に嗅ぎながら、うっとりと余韻を味わったのだった。

五

「ああ、会いたかった……！」

昼過ぎ、名主の屋敷に戻った甚介に使いが来て、見張り小屋に呼ばれて行くと礼香が一人で待っていた。

すぐ中に招き入れられると、すでに布団が敷かれている。ろくに見張りなどせず、このために作られたような小屋だった。

「さあ、全部脱いで。夕刻の交代まで誰も来ぬ」

礼香が大小を置き、てきぱきと洋服を脱ぎながら言った。

甚介も興奮と期待に勃起しながら、手早く全て脱ぎ去った。

やがて全裸になった大柄な礼香を仰向けに横たえると、彼は足裏に屈み込んで顔を押しつけ、指の股の蒸れた匂いを貪りはじめた。

礼香も乳房を息づかせ、されるままになっていた。

甚介は両足とも、ムレムレになった濃い匂いを嗅いで胸を満たし、太く揃った指の股を全て味わった。

そして俯《うつぶ》せにさせると、礼香も素直にゴロリと寝返りを打ってくれた。

彼は踵《かかと》から脹《ふく》ら脛《はぎ》、汗ばんだヒカガミを舐め上げ、ムッチリと張りのある太腿から引き締まった尻の丸みをたどった。

腰から背中を舐めると汗の味がし、肩まで行って髪に鼻を埋めて嗅ぎ、耳の裏側も蒸れた匂いを吸い込んで舌を這わせると、再び筋肉の浮かぶ肌をたどって尻に戻ってきた。

俯せのまま股を開かせ、腹這いになって尻に顔を寄せて指で谷間を広げ、艶めかしく突き出た蕾に鼻を埋めて嗅いだ。

今日も汗の匂いに混じり、秘めやかな微香が混じって胸に沁み込んできた。

舌を這わせて襞を濡らし、ヌルッと潜り込ませて滑らかな粘膜を探ると、

「く……！」

顔を伏せたまま礼香が呻き、モグモグと味わうように肛門で舌先を締め付けてきた。

甚介は舌を蠢かせ、顔中に密着する双丘の感触を味わった。

「も、もう良《じ》い、そこは……」

礼香が焦れたように言い、彼が顔を離すと自分から再び寝返りを打ってきた。

仰向けになった礼香の股間に顔を埋め込むと、彼女も甚介の下半身を抱き寄せて顔を跨がせた。

男上位の二つ巴《どもえ》だが、旗本の娘の顔を跨ぐとゾクゾクと股間から背筋に畏《おそ》れ多い震えが走ったものだった。

「ンン……」

礼香が、すぐにも彼の腰を抱えて引き寄せ、勃起した亀頭にしゃぶり付いてきた。甚介も茂みに鼻を埋め、汗とゆばりの匂いを貪ってから、濡れた割れ目に口を当て、大きなオサネに吸い付いた。

割れ目は蜜汁が大洪水になり、彼は匂いに酔いしれながらヌメリをすすってはオサネを吸い、軽く歯で刺激してやった。

「あぁッ……、いい……」

亀頭にしゃぶり付いていた礼香がスポンと口を離して喘ぎ、ふぐりにも舌を這わせ、さらに顔を伸び上がらせて肛門までチロチロと舐め、ヌルッと潜り込ませてくれた。

「あう……」

また甚介は畏れ多い快感に呻きながら、キュッと肛門で美女の舌先を締め付けた。やがて礼香も、彼の前と後ろを舐めると身を投げ出し、甚介は味と匂いを堪能してから身を起こして向き直った。

股間を進めて本手《ほんて》（正常位）で先端を押しつけ、感触を味わいながらヌルヌルッと根元まで押し込んでいくと、

「アアッ……、甚介……」

礼香が身を弓なりに反らせて喘ぎ、キュッときつく締め付けてきた。

甚介も温もりと潤いを噛み締め、股間を密着させて脚を伸ばし、身を重ねていった。

そして屈み込んで礼香の左右の乳首を含んで舌で転がし、軽く歯も当てて刺激してやった。

「あうう……、もっと強く嚙んで……」

彼女がせがみ、両手で彼の顔を抱きすくめてきた。

甚介も両の乳首を交互に吸い、コリコリと歯を立てた。彼女が感じるたび、膣内の締め付けとヌメリが増していった。

さらに腋の下にも鼻を擦りつけ、腋毛に籠もった濃厚に甘ったるい汗の匂いを貪り、首筋を舐め上げて唇に迫った。

今日も礼香の喘ぐ口からは、大粒の頑丈そうな歯並びが覗き、間から熱く湿り気ある息が洩れ、濃く甘い花粉臭が吐き出されていた。

肩に手を回して上からピッタリと唇を重ね、舌を挿し入れながら腰を突き動かしはじめると、

「ンンッ……！」

礼香も熱く鼻を鳴らし、ネットリと舌をからめながらズンズンと股間を突き上げてきた。溢れる蜜汁が動きを滑らかにさせ、ピチャクチャと湿った摩擦音が響いた。

大柄で頑丈だから、遠慮なく身体の重みをかけて胸で乳房を押し潰し、股間をぶつけるように激しく動かした。

「ああ……。い、いきそう……」

礼香が口を離し、唾液の糸を引きながら喘いだ。膣内の収縮も活発になり、甚介もジワジワと絶頂を迫らせていった。

「オマ×コが気持ちいいと言って」

「なに、そんなことを私に……。あう……。いい、お前の言う通りにする。オマ×コが気持ちいい……。アアーッ……！」

礼香は口走ると、武士らしからぬ淫らな言葉に自分で快感を高め、そのままガクガクと腰を跳ね上げて気を遣ってしまった。

溢れる淫水で互いの股間がビショビショになり、甚介も膣内の収縮に巻き込まれ、続いて昇り詰めてしまった。

「く……！」

彼は快感に呻き、ありったけの熱い精汁をドクンドクンと勢いよくほとばしらせ、膣内の奥深い部分を直撃した。

「あう、熱い……、出ている……。もっと……！」

噴出を感じた礼香が駄目押しの快感に呻き、精汁を飲み込むようにキュッキュッときつく締め付けてきた。

甚介は心ゆくまで快感を嚙み締め、最後の一滴まで出し尽くして力を抜いていった。

「ああ……、何と心地よい。前よりずっと……」

礼香も肌の硬直を解いて言い、グッタリと力を抜いて身を投げ出した。

甚介はもたれかかりながら、まだ息づいている膣内でヒクヒクと幹を上下に跳ね上げた。

そして礼香の口に鼻を押しつけ、甘い刺激の息を胸いっぱいに嗅ぎながら、うっとりと快感の余韻を味わったのだった。

さすがにいつまでも乗っているのは悪いので、彼は呼吸を整えると股間を引き離し、ゴロリと横になって添い寝した。

「明日、出られないか。抱いてもらいたい女がいるのだ……」

「え……？」

まだ荒い息遣いを繰り返しながら礼香が言い、甚介は思わず聞き返した。

「お前が他の女を抱くのは妬《や》けるが、何しろ私を姉と慕《した》い、私も可愛がっている十九の生娘だ」

「はあ、どちらへ行けば……」

「雲井村《くもいむら》の、山寺の麓《ふもと》にある家だ」

礼香が言う。雲井村は、青梅の外れにあり、飢饉《ききん》の流れで今は廃村。多くの家が残っているため、幕臣が手を加え拠点に使っているようだ。

「名は美香《みか》という。やはり張り形で快楽は知っている」

「私が初めてでよろしいのですか」

甚介は、興味を覚えて訊いた。どうやら二人は、女同士で戯《たわむ》れたこともあるようなのだ。

「ああ、もとより軍に加わった以上、私同様明日をも知れぬ身なれば、嫁《とつ》ぐ気などない。せめて薩長軍と戦う前に男を知らせてやりたいのだ」

「…………」

「男を知っていれば、たとえ捕虜になっても、辱《はずかし》めを受ける前に悔いなく自害できよう」

「左様ですか。お二人さえよろしければ」

甚介が答えると、ようやく礼香は懐紙で互いの股間を始末して身を起こした。

彼も起き上がって一緒に身繕《みづくろ》いをし、見張り小屋を出た。

日が没しようとして、西の空が真っ赤に染まっている。

この平穏な風景が、一体いつまで続くことだろうか。

甚介は、今度美百合に会ったら、もっと詳しく薩長軍の動きを聞いておこうと思った。

「そろそろ交代が来る。甚介は帰れ」

「はい、では明日」

言われて、彼は辞儀をして一足先に山を下りていった。

第四章　女丈夫《じょじょうふ》に挟まれて昇天

一

「礼香様、私の初物を捧げるのは、この男なのですか……」

甚介を見た美香が、きりりとした濃い眉を吊り上げて言った。

彼が雲井村へ出向き、麓《ふもと》にある一軒家に入ると、美香と礼香が待っていた。

廃村なので、あちこちに点在する家の大半は崩れ、使えそうなものだけ修理して幕臣が寝泊まりしている。

しかし礼香と美香は女なので、他の連中とはかなり離れた場所にある家を使っていた。

他に来るものはないようだ。甚介は庄右衛門に、今後の相談をしたいから礼香に呼ばれていると言って屋敷を出てきたのだった。

「この男、甚介では不服か」

礼香が、妹でも見るような眼差しで答えた。

美香も、相当に気が強そうで、礼香ほどではないにしろ剣も達者なのだろう。しかし可憐《かれん》で、小柄な肢体が白い着物と袴《はかま》に包まれていた。

「はい、私の相手はてっきり武士かと……」

「甚介は私より強い。それに、触れればこの上ない快楽が与えられ、後悔は万に一つもない」

「そ、そんな。礼香様より強いなど……」

「本当だ。試してみるが良い。では私は、半刻（約一時間）ほど見回りに行ってくる。甚介、頼むぞ」

礼香は言って立ち上がり、颯爽《さっそう》と家を出て行ってしまった。

座敷には床が敷き延べられ、裏の風呂場には残り湯もあるようだ。むろん礼香の睨《にら》みが効いているので、他の幕臣が覗《のぞ》きに来るようなことはない。

「美香様、いかがなさいます」

「気安く呼ぶな。礼香様より強いなど有り得ぬだろう。お前は一体どんな手を使って誑《たぶら》かしたのだ」

「ご不審なら斬《き》りかかってくださいませ」

「なに。武芸など知らぬだろう……」

甚介の言葉に、美香は目を吊り上げて言った。

「武士になりたくて、ひたすら山で木剣《ぼっけん》を振るっていましたので」

「そんな我流が通じるほど甘くない」

「ですから、試してくださいませ。私に敵《かな》わなければ、言いなりになって頂きますので」

「おのれ！」

美香は言うなり、傍《かたわ》らに置いた大刀をスラリと素早く抜き放った。

その切っ先が、甚介の頰から一寸（約三センチ）ばかり離れた位置にピタリと止まった。

「どうした。身がすくんで動けぬか」

「いえ、斬る気がないのが分かったので動かなかったのです」

「減らず口を……」

甚介の落ち着きぶりに業《ごう》を煮やし、美香は激昂《げっこう》しながら今度は本気で攻撃を仕掛けてきた。

しかし礼香の懇意《こんい》の者を殺すわけにいかないので、斬る寸前に刃《やいば》を返した峰打ちだ。一瞬、甚介は姿を消したかに思えるほど素早く身を沈め、美香の手首をひねると布団へと投げつけていた。

「あッ……！」

一回転した美香は声を上げて受け身を取ったが、すでに得物《えもの》は甚介の手にあった。彼は鞘《さや》を拾い、パチーンと鍔鳴《つばな》りをさせて納めて置いてやった。

今まで冥王丸と縁を持った武士たちの、全ての力が甚介に宿っているので、剣でも柔《やわら》でも彼に敵うものはいないだろう。

「く……！」

美香は口惜《くや》しげに身を起こし、なおも素手で打ちかかってきた。

その手首を握って抱き寄せ、もう片方の手を袴の裾《すそ》に差し入れると、彼は下帯《したおび》の上からオサネに見当をつけて微妙に愛撫した。

「ぶ、無礼な……！」

「負けたのだから言いなりになりなさい。さあ、だんだん気持ち良くなってきたでしょう」

「だ、誰がお前などに……。ああ……」

美香が眉をひそめ、熱い息を弾ませはじめた。オサネへの刺激に、次第に力が抜けてぐんにゃりとなっていく。

彼女の息は、千枝に似た甘酸っぱい果実臭だ。村育ちでも旗本でも、この年頃の匂いは似通うのかも知れない。

そして美香も、礼香と女同士で愛撫し合っていただろうから、相当に感じやすく、快感も知っているようだった。

もう良いだろうと彼は美香を布団に横たえ、袴の紐《ひも》を解いて脱がせていった。

美香も、半分失神したように力が抜けてしまっていた。

袴と足袋《たび》を引き脱がせて、着物と襦袢《ジュバン》、さらに男のような下帯も脱がせると、たちまち生娘《きむすめ》は一糸《いっし》まとわぬ姿になった。

甚介も冥王丸を置いて帯を解き、手早く全裸になった。

添い寝して左右の乳首を交互に含んで舐め回し、顔中を押しつけて膨《ふく》らみの弾力を味わった。

礼香ほどの筋肉はないが、実にしなやかな肢体で、おそらくは剣術でもかなりすばしこそうな力を秘めているようだ。

彼は乳首を味わってから、美香の腋《わき》の下に鼻を擦《こす》りつけて嗅《か》いだ。

可憐な和毛《にこげ》は生ぬるく湿り、甘ったるい濃厚な汗の匂いが馥郁《ふくいく》と鼻腔《びこう》を満たしてきた。

甚介は旗本の娘の体臭に噎《む》せ返り、滑《なめ》らかな肌を舐め下りていった。

臍《へそ》を探り、顔中を腹部に押しつけると、ここも心地よい弾力が返ってきた。

張りつめた下腹から腰、ムッチリした太腿へ下り、脚をたどっていっても、美香はただ息を弾ませて身を投げ出していた。

足裏を舐め、指の股に鼻を押しつけると、やはり汗と脂《あぶら》に湿り、蒸《む》れた匂いが濃く沁み付いて悩ましく鼻腔を刺激してきた。

甚介は両足とも味と匂いを貪《むさぼ》り、全ての指の間を舐めてから股を開かせ、脚の内側を舐め上げていった。

内腿をたどり、股間に迫って目を凝《こ》らすと、割れ目はすでにヌラヌラと大量の蜜汁に潤《うるお》っていた。

指で陰唇を広げると、生娘の膣口が襞を濡らして息づいていた。

しかし無垢《むく》とはいえ、ここも礼香のように張り形を知っているのである。

オサネは小指の先ほどの大きさ、肛門も可憐な蕾《つぼみ》で、礼香ほど野趣溢《あふ》れる形ではなく、むしろ千枝に近い可憐さだった。

甚介も興奮しながら彼女の両脚を浮かせ、まずは尻の谷間に鼻を埋め込んでいった。蕾には可愛らしい匂いが籠もり、嗅ぐたびに悩ましい刺激が鼻腔に沁み込んだ。

彼は充分に嗅いでから舌を這わせ、細かに震える襞を濡らし、ヌルッと潜り込ませて滑らかな粘膜を味わった。

「あう……！」

美香が呻《うめ》き、肛門で舌先をキュッと締め付けてきた。

甚介は舌を蠢《うごめ》かせてから、やがて脚を下ろして陰戸《ほと》に移動した。

茂みに鼻を埋め、汗とゆばりの匂いを嗅ぎながら舌を挿《さ》し入れると、淡い酸味のヌメリが心地よく迎えてくれた。

膣口の襞を探り、潤いをすすりながらオサネまで舐め上げていくと、

「アアッ……！」

美香がビクッと弓なりにのけぞって喘《あえ》ぎ、内腿できつく彼の顔を挟み付けてきた。甚介は腰を抱え込んで押さえ、チロチロと舌先で弾くようにオサネを舐め回した。

「い、いい……。すごく……」

美香が朦朧《もうろう》と口走り、彼の鼻先で白い下腹をヒクヒクと波打たせた。

甚介はオサネを執拗《しつよう》に攻めながら、指を濡れた膣口に潜り込ませ、内壁を小刻みに擦って挿入の仕度を整えた。

まずは一度一つになってしまい、あとから心をほぐして二回目に挑めば良いだろう。

彼は身を起こして股間を進め、勃起した一物《いちもつ》の先端を陰戸に擦りつけた。そしてヌメリを与えて位置を定め、ゆっくり挿入していった。

張りつめた亀頭が膣口を丸く押し広げ、ヌルヌルッと滑らかに呑み込まれた。

「ああ……！」

根元まで貫くと、美香が顔をのけぞらせて喘ぎ、キュッときつく締め付けてきた。

甚介は股間を密着させ、熱いほどの温もりときつい締め付け、肉襞の摩擦と潤いを味わった。

そして何度かズンズンと腰を突き動かすと、張り形に慣れている美香も腰を遣《つか》いはじめ、熱く喘ぎながら絶頂を迫らせたようだ。

溢れる淫水がクチュクチュと鳴り、揺れてぶつかるふぐりまで生温かくネットトリと濡れた。

「き、気持ちいい……。もっと強く……」

美香が口走り、収縮を活発にさせていった。

しかし、その時である。いきなり戸が開くと礼香が入って来たのである。

もちろん甚介は、礼香が最初からずっと覗き見ていたことを知っていたので、驚きもしなかった。

二

「い、いく……。アアーッ……！」

しかし美香は快感に夢中になって口走り、そのままガクガクと狂おしく身悶《みもだ》え気を遣《や》ってしまった。

甚介もズンズンと腰を突き動かし、自分は辛《かろ》うじて保ちながら、美香がグッタリとなるのを待った。

「ああ、もう我慢できない。美香だけ良い思いをしているのは……」

礼香が言い、妬心《としん》に息を弾ませながら大小を置いて、手早く洋服を脱ぎはじめた。

美香は身を投げ出して荒い呼吸を繰り返し、まだ何が起きたか分からないように、朦朧としたままぼんやりと礼香を見上げているばかりだ。

いったん甚介は一物を引き抜き、美香に添い寝して仰向けになった。

やがて全裸になった礼香が美香に屈《かが》み込み、息づく肌に触れた。

「いってしまったの？」

「ええ……」

「最初は気に入らないようだったけど、良かったのね？」

「ええ……」

美香は喘ぎながら、短く返事をするのが精一杯のようだ。

「甚介、まだ果ててないなら私にもして」

礼香が言って、大柄な肉体を横たえてきた。

甚介も身を起こし、新たな淫気を湧き起こしながら礼香の足の方へ顔を移動させた。

大きく逞《たくま》しい足裏に舌を這わせ、指の股に鼻を押しつけると、今日もそこは汗と脂に生ぬるく湿り、ムレムレの匂いが濃厚に沁み付いていた。

彼は嗅いでから左右の爪先をしゃぶり、味と匂いを貪り尽くした。

「ああ……、そんなところはいいから……」

礼香が言い、大胆に大股開きになってせがんだ。

甚介も長く逞しい脚の内側を舐め上げ、白く引き締まった内腿を舌でたどりながら股間に迫っていった。

割れ目からはみ出した陰唇は興奮に濃く色づき、間からは大量の淫水が溢れていた。

彼はまず両脚を浮かせ、尻の谷間に鼻を埋め込んだ。

僅《わず》かに突き出た艶《なま》めかしい桃色の蕾には、生々しい匂いが籠もって悩ましく鼻腔を刺激してきた。

甚介は美女の恥ずかしい匂いを胸いっぱいに嗅いでから舌を這わせ、ヌルッと潜り込ませて粘膜を探った。

「く……」

礼香は呻き、キュッときつく肛門で舌先を締め付けてきたが、やはりここより早くオサネを舐めて欲しいように腰をくねらせた。

甚介も充分に中で舌を蠢かせてから、彼女の脚を下ろして陰唇の内側に舌を挿し入れていった。

淡い酸味のヌメリをクチュクチュ掻き回し、襞の入り組む膣口から大きく突き立ったオサネまで舐め上げていくと、

「アアッ……！　いい……」

礼香は激しくのけぞって喘ぎ、内腿できつく彼の両頬を挟み付けてきた。

恥毛の隅々には、今日も甘ったるい汗の匂いとゆばりの刺激が入り混じって、濃厚に籠もっていた。

甚介は悩ましい匂いで鼻腔を満たし、オサネに舌を這わせながら強く吸い付き、前歯でコリコリと刺激してやった。

「あう、もっと強く……！」

礼香がヒクヒクと筋肉の浮かんだ腹を波打たせて呻き、さらに大量の淫水を漏らしてきた。

「い、入れて、お願い……！」

絶頂を迫らせた彼女が口走り、甚介も身を起こして股間を進めた。

そして、まだ美香の淫水に湿っている先端を押しつけ、新たなヌメリを与えながらゆっくり挿入していった。

「あァッ……、奥まで感じる……」

ヌルヌルッと根元まで貫き、股間を密着させると礼香が喘ぎ、キュッと締め付けてきた。甚介も脚を伸ばして身を重ね、温もりと感触を味わいながら屈み込んで乳首に吸い付いた。

ここも軽く歯で刺激し、左右の乳首を充分に愛撫すると、礼香が両手でしがみつきながら、待ちきれないようにズンズンと股間を突き上げてきた。

甚介も応えて腰を動かしながら、礼香の腋の下に鼻を擦りつけ、湿った腋毛に籠もる濃厚に甘ったるい汗の匂いを吸収した。

「あう、駄目、いっちゃう……。アアーッ……！」

礼香は、すぐにもガクガクと狂おしく痙攣《けいれん》し、声を上ずらせながら激しく気を遣ってしまった。

するたびに感度が良くなり、しかも今は美香の交接を目の当たりにし、妬心も快感に拍車《はくしや》をかけていたのだろう。

しかし甚介は、あまりに凄《すさ》まじい礼香の絶頂に圧倒され、肉襞の収縮と摩擦の中でも保ち続けていた。

「ああ……、良かった……」

った。

礼香が満足げに言い、グッタリと四肢を投げ出した。

同じ肉棒で、射精せずに二人の美女を果てさせるというのも心地よいものであった。

甚介は、礼香が静かになるとヌルッと引き抜いて二人を眺めた。

美香の方も息を吹き返し、自分より激しい礼香の絶頂を見守っていた。

「お、起こして……。汗を流したいわ……」

礼香が言い、やがて甚介は美香と一緒に彼女を引き起こし、全裸のまま三人で部屋を出ると、裏の風呂場に移動した。

残り湯で身体を洗い流すと、まだ勃起したままの甚介は簀《す》の子《こ》に座り、左右に二人を立たせた。

「ね、陰戸を指で広げて、ゆばりを放って下さい」

「なに……。そんなことされたいのか……」

言うと、礼香が驚いたように答え、美香もビクリと尻込みした。

「ええ、お旗本の美女が出すところを見るなど、一生に一度きりでしょうから」

甚介は言い、礼香も、まだまだ今日はこれから三人で戯《たわむ》れたいと思っているらしく、すぐにも好奇心と興奮でその気になったようだ。

「じゃ、出してあげましょう。美香も一緒に」

礼香が言うと美香も逆らえず、二人は座っている甚介の左右の肩に、それぞれ跨《また》がるように股間を突き出してきた。そして自ら指で陰唇を広げ、中身を丸見えにさせてくれた。

彼は左右の割れ目に交互に顔を埋め、舌を挿し入れて味わった。

恥毛は湯に濡れ、もう濃かった匂いも薄れてしまったが、二人とも新たな蜜汁を溢れさせ、淡い酸味で舌の動きを滑らかにさせた。

「あう、出る……。本当に良いのだな……」

礼香が息を詰めて言ったので、甚介は答える代わりに舌を蠢かせた。

すると柔肉が迫《せ》り出すように盛り上がり、味わいと温もりが変化し、同時にチョロチョロと熱い流れがほとばしってきた。

それを舌に受け、やや濃い味と匂いを堪能しながら喉に流し込むと、

「アア……、莫迦《ばか》……」

礼香が放尿しながら喘いだ。

勢いが増すと口から溢れ、甚介の身体中を温かく伝い流れた。

「あう、出る……」

反対側の美香も声を洩らし、彼はそちらに顔を向けた。

美香も、後《おく》れを取ると二人に注目されるので、何とか礼香が出し切らぬうちにと懸命に漏らしたのだろう。

か細い流れがチョロチョロとほとばしり、舌に受けると味も匂いも淡いもので実に抵抗なく喉を通過した。

その間も礼香の流れが遠慮なく肌に注がれ、甚介は混じり合った匂いに激しく勃起した。

やがて礼香の流れが治まると、続いて美香も放尿を終えた。

それぞれの濡れた割れ目を舐め回し、余りの雫《しずく》をすすったが、二人も相当に興奮を高めているようで、ポタポタと滴《したた》るゆばりには淫水が混じり、次第にツツーッと糸を引くようになった。

彼自身も二人分のゆばりを浴び、今にも暴発しそうなほど脈打っていた。

甚介が左右の割れ目を舐め続けると、

「も、もう駄目……」

美香が言って座り込み、礼香も股間を引き離してしゃがみ込むと、また三人で身体を流した。

そして身体を拭くと、湯殿を出た三人は全裸のまま部屋の布団へと戻った。

「さあ、二人で男を味わうとしようか」

礼香が言い、甚介を仰向けにさせた。

「してもらったように、二人で甚介の身体中を舐めてやろう」

「ええ……」

女同士がヒソヒソと話し合い、何といきなり甚介の両足の裏から舌を這わせはじめたのだった。

三

「あう、いいですよ、そんなところ舐めなくて……」

甚介は、畏《おそ》れ多さに声を震わせて言った。湯殿で洗ったばかりとはいえ、旗本の娘たちが彼の足裏を舐めているのである。

しかし二人は一向に愛撫を止《や》めず、滑らかな舌先で彼の両の足裏を舐め回し、爪先にまでしゃぶり付いてきた。

「アア……」

順々に指の股にヌルッと舌が潜り込むと、甚介は妖しい快感に喘いだ。

まるで温かなヌカルミでも踏んでいるようで、申し訳ない快感がゾクゾクと背中を這い上がった。

そして二人の生温かな唾液に濡れた指で、滑らかに蠢く舌を挟み付けた。

やがて二人は、全ての指の間をしゃぶり尽くすと、彼を大股開きにさせて脚の内側を舐め上げてきた。

内腿まで来ると二人は頬を寄せ合い、股間で熱い息が混じり合った。

「さあ。一物より先に、ここから」

礼香が言い、甚介の両脚を浮かせ、先に尻の谷間に舌を這わせてきた。

ヌルッと潜り込ませて引き離すと、美香も彼女の唾液の痕《あと》をたどるようにチロチロと舐め、同じように潜り込ませた。

「あうう……」

ここも、足指以上に畏れ多い場所であった。甚介は妖しい快感に呻き、モグモグと美香の舌先を締め付けた。

二人の舌は、微妙に温もりや感触、蠢き方が異なり、どちらも実に心地よかった。二人は交互に肛門を舐め、熱い鼻息でふぐりをくすぐった。

中で舌が蠢くと、内側から刺激されるように肉棒がヒクヒク上下した。

ようやく脚を下ろすと、二人は顔を寄せ合って同時にふぐりを舐め回し、それぞれが睾丸《こうがん》を優しく吸い、舌で転がした。

やがて袋全体が混じり合った唾液に生温かくまみれると、いよいよ二人の舌は肉棒を舐め上げてきた。

裏側と側面に二人の舌が這い、同時に先端まで達した。

粘液の滲《にじ》む鈴口《すずぐち》が交互にチロチロと舐められ、張りつめた亀頭にも舌が這い回った。

先に礼香がスッポリと根元まで呑み込み、内部でクチュクチュと舌をからめてから、吸い付きながらスポンと引き抜いた。

すかさず美香も深々と含み、舌を蠢かせて吸い、チュパッと口を離した。

「ああ、いきそう……」

甚介が高まって言うと、礼香は顔を移動させ、二人で彼の左右の乳首に吸い付いて舐め回した。熱い息に肌をくすぐられ、彼は二人分の唾液にまみれた一物をヒクヒク震わせた。

さらに二人は首筋を舐め上げ、彼の耳の穴に舌を挿し入れて蠢かせた。

聞こえるのは、クチュクチュと動く舌の音だけだ。

そして頬を舐め、二人同時に彼に舌をからめてきたのである。

甚介もそれぞれ滑らかに蠢く舌を舐め回し、混じり合って滴る唾液でうっとりと喉を潤した。

礼香の甘い花粉臭の吐息と、美香の吐き出す甘酸っぱい果実臭の息が鼻腔で混じり合い、悩ましく胸に沁み込んできた。それに唾液の香りも混じって、甚介は今にも暴発しそうに高まった。

「もっと唾《つば》を飲みたい。顔中もヌルヌルにして……」

囁くと、礼香がトロトロと唾液を注ぎ、美香もそれに倣《なら》った。

甚介は二人分の小泡の多い粘液を飲み込み、さらに顔中も舐められてヌラヌラと唾液にまみれ、艶めかしい匂いに包まれた。

「で、出そう……」

甚介が、許可を求めるように言った。

「いいわ。私はもう充分だから、美香がして。それともお口に受けてみる？」

「もう一度、入れてみたいわ……」

礼香に言われ、美香が答えた。さっきは夢中すぎてよく分からなかったので、もう一度味わってみたいのだろう。

「じゃ上から跨いで入れなさい。その方が勝手に動けるから。そうだ、私が下になろう」

礼香が名案でも思いついたように言い、いったん甚介をどかせて自分が布団の真ん中に仰向けになった。

その上に彼を仰向けに重ね、さらに上から美香が跨がってきたのだ。

「お、重くないかしら……」

「大丈夫。二人を感じながら、私の上で果てて欲しい」

美香が心配そうに言ったが、一番下で礼香が答えた。

甚介も、頑丈で大きな彼女の上に重なり、背中に乳房の膨らみと、腰に茂みを感じながら高まった。

美香も跨がり、まだ二人分の唾液に濡れている一物の先端を、そっと陰戸に押し当て、ゆっくりと腰を沈めて受け入れていった。

ヌルヌルッと肉襞の摩擦を受けながら一物が根元まで呑み込まれると、

「アアッ……！」

美香が喘ぎ、すぐにも身を重ねてきた。

甚介は両手を回し、さらに一番下の礼香が二人を抱き留めてくれた。何という贅沢《ぜいたく》な快感であろう。まさに肉布団に身を預け、処女を失ったばかりの美香と一つになっているのである。

彼は上下から柔らかく弾力ある女体に挟まれ、ズンズンと股間を突き上げはじめた。

「あう……。い、いい気持ち……」

美香も快感に呻き、合わせて腰を遣ってきた。

顔を引き寄せると、美香の甘酸っぱい息が鼻腔を刺激し、しかも礼香の甘い吐息も肩越しに感じられるのである。

美香も大量の淫水を漏らして律動を滑らかにさせ、クチュクチュと淫らな摩擦音を立てた。

「ああ、私の方にまで流れてくる……」

真下の礼香が言い、まるで二人の快感が伝わっているように息を弾ませ、クネクネと身悶えていた。

やがて動きが一致すると、美香は二度目の絶頂を迎えはじめ、膣内の収縮を活発にさせていった。

そして甚介も、上下の女体に挟まれながら、とうとう昇り詰めてしまった。

「く……！」

突き上がる大きな絶頂の快感に呻き、彼は熱い大量の精汁をドクンドクンと勢いよく柔肉の奥にほとばしらせた。

「アア、熱いわ、すごい……。ああーッ……！」

美香も噴出を受け、やはり張り形とは違う快感に激しく気を遣ってしまった。

「あう……、二人ともいっているのね。気持ちいいでしょう……」

礼香もうっとりと言い、二人を抱き留めながら肌を波打たせた。

甚介は、美香に舌をからめ、唾液と吐息を貪りながら快感を嚙み締め、心置きなく最後の一滴まで出し尽くしていった。

そして満足しながら突き上げを弱めていくと、

「ああ……」

美香もすっかり満足したように声を洩らし、グッタリと全身の強《こわ》ばりを解いて身体を預けてきた。

甚介の下には、さらに弾力ある礼香の肉体がある。

まだ美香の膣内はキュッキュッと息づくような収縮が繰り返され、射精直後で過敏になった肉棒がヒクヒクと内部で上下に震えた。

彼は美香の甘酸っぱい息と、肩越しに感じる礼香の甘い息を嗅ぎながら、うっとりと快感の余韻を嚙み締めた。

旗本の娘を二人同時に抱くなどという幸運は、一生のうちでもこの一回きりであろう。

やがて呼吸を整えると、さすがに重いと思って一番上の美香が股間を引き離して横になった。甚介も礼香の上から身を離すと、すぐにも礼香が身を起こし、淫水と精汁に濡れた一物にしゃぶり付いてきた。

「さあ、美香も味わって。これが子種の味だから」

礼香が言うと、美香も懸命に身を起こして顔を寄せ、濡れた先端を舐め回してくれた。

「ああ……」

二人の舌が亀頭に這い回り、再びスッポリと交互に含まれて、甚介は腰をくねらせて喘いだ。

「生臭いわ……。でも、そんなに嫌じゃないわ……」

美香が言い、やがて二人は舌で甚介の一物を丁寧に舐め回してヌメリを吸い、綺麗にしてくれたのだった……。

四

「今夜から、ここで寝起きしろって言われたの」

夜、寝巻姿の千枝が離れに来て甚介に言った。

「そう。じゃ一緒に寝ようね」

甚介も答え、股間を熱くさせはじめた。

庄右衛門も賀夜も、もう間もなく祝言《しゅうげん》だから、一緒に寝かせても構わないと思ったのだろう。

ただ賀夜は、夜半に忍んでこられず複雑な気持ちかも知れないと思った。

「じゃ、全部脱いで」

甚介は言い、自分も着たばかりの寝巻を脱ぎ、全裸で布団に仰向けになった。

千枝も帯を解き、寝巻を脱ぎ去ると下には何も着けていなかった。

「ここに座って」

甚介は、自分の下腹を指して言った。

「跨ぐの？　出来ないわ、旦那《だんな》様に座るなんて……」

「まだ夫婦《めおと》じゃないのだから、お嬢様とただの使用人だと思って」

尻込みする千枝の手を引いて言うと、彼女もそろそろと迫り、恐る恐る跨がって座ってくれた。

股間が下腹にピッタリと密着すると、すでにほんのり濡れはじめているのが感じられた。

「足を伸ばして」

言いながら立てた両膝に彼女を寄りかからせ、足首を掴んで顔に寄せると、

「あん……」

千枝が声を洩らし、とうとう両足の裏を彼の顔に乗せてしまった。

甚介は美少女の全ての重みを受け止め、股間と足の感触を味わった。

今日は風呂を焚《た》いていないので、汗と脂に湿った指の股も蒸れた匂いが沁み付いて、嗅ぐと刺激が胸から一物に伝わり、幹が跳ね上がるたび彼女の腰をトントンと叩いた。

甚介は両の足裏を舐め回し、爪先にもしゃぶり付いて全ての指の間に舌を割り込ませて味わった。

「アアッ……、駄目……」

千枝が喘ぎ、腰をくねらせるたびに、熱いヌメリの増した陰戸が下腹に擦りつけられた。

やがて両足とも味と匂いを貪り尽くすと、彼は千枝の手を握って引っ張った。

彼女も甚介の顔の左右に足を置き、素直に前進して、顔に跨がってくれた。

「ああ。こんなこと、みんなしているのかしら……」

「うん、しているよ。きっと」

千枝が息を震わせて言い、甚介も答えながら真下から近々と迫る陰戸を見上げた。厠《かわや》に入ったように完全にしゃがみ込むと、脚がムッチリと張りつめ、ぷっくりした陰戸の熱気が顔を包み込んだ。

僅かにはみ出した陰唇を指で広げると、快感を覚えはじめたばかりの膣口が息づき、桃色の柔肉もヌメヌメと潤っていた。

光沢ある小粒のオサネもツンと突き立ち、彼は堪《たま》らずに腰を抱き寄せて、若草の丘に鼻を埋め込んだ。

柔らかな恥毛の隅々には、生ぬるい汗とゆばりの匂いが沁み付き、悩ましく鼻腔を刺激してきた。

甚介は胸いっぱいに嗅ぎながら、陰唇の内側に舌を挿し入れていった。

淡い酸味のヌメリをすすり、膣口を掻き回してオサネまで舐め上げると、

「アアッ……！」

千枝がビクッと反応して喘ぎ、今にも座り込みそうになりながら、懸命に両足を踏ん張った。

チロチロとオサネを舐めると、清らかな蜜汁がトロトロと溢れ、彼は舌ですくい取っては執拗に愛撫した。

さらに尻の真下に潜り込み、顔中にひんやりした双丘を受け止めながら、谷間の蕾に鼻を埋めて嗅いだ。可愛らしく秘めやかな微香で胸を満たし、舌を這わせて濡らしてからヌルッと潜り込ませた。

「あう……」

千枝が呻き、キュッと肛門で舌先を締め付けてきた。

甚介は舌を蠢かせ、滑らかな粘膜を味わってから、再び陰戸に戻って大量の淫水を舐め取り、オサネに吸い付いた。

「も、もう駄目……」

千枝が絶頂を迫らせたように言い、ビクッと股間を引き離してきた。

そして添い寝して呼吸を整えたので、甚介は彼女の顔を引き寄せた。

「舐めて……」

頬を押しつけて言うと、千枝も素直にヌラヌラと舌を這わせてくれた。

「噛んで」

「大丈夫……？」

「うん、痕にならない程度に」

言うと、千枝も甘酸っぱい息を弾ませ、そっと彼の頬に綺麗な歯を当ててくれた。甚介は甘美な快感に息を弾ませ、耳も舌と歯で愛撫してもらい、さらに胸まで顔を押しやった。

千枝も、されるのは恥ずかしいが、する分には積極的に愛撫してくれた。

熱い息で肌をくすぐりながら乳首を舐め回して吸い、そこもキュッと歯を立てて刺激してくれた。

「ああ、気持ちいい……。もっと強く……」

せがむと、千枝も左右の乳首から脇腹まで歯を食い込ませてくれた。

甚介は美少女に食べられているような興奮に包まれ、やがて大股開きになると、千枝も真ん中に腹這い、顔を寄せてきた。

「そこは嚙まないでね」

言うと、千枝は舌をふぐりに這わせて睾丸を転がし、鼻息で恥毛をそよがせながら肉棒の裏側を舐め上げてきた。

先端まで来ると、千枝は女らしく小指を立てて幹を支え、粘液の滲む鈴口をチロチロと舐め、亀頭にしゃぶり付き、そのままスッポリと喉の奥まで呑み込んでいった。

肉棒は温かく濡れた快適な口腔《こうこう》に根元まで納まり、彼女の熱い鼻息が恥毛をくすぐった。千枝は笑窪《えくぼ》の浮かぶ頰をすぼめてチュッと強く吸い付き、口の中で舌を蠢かせた。

「ああ……」

甚介は快感に喘ぎ、唾液にまみれた一物をヒクヒク震わせた。

そして充分に高まると、彼女の手を引いて前進させた。千枝も素直に身を起こして跨がり、自分で先端に陰戸を押し当ててきた。

位置を定め、ゆっくり腰を沈めると、屹立《きつりつ》した一物がヌルヌルッと滑らかに根元まで納まっていった。

「アアッ……！」

千枝が顔をのけぞらせて喘ぎ、きつく締め付けてきた。

甚介は肉襞の摩擦と温もり、充分な潤いを味わい、股間を密着させた彼女を両手で抱き寄せた。

そして千枝が身を重ねると、潜り込むようにして桜色の乳首を吸い、舌で転がし、左右とも味わってから腋の下にも鼻を埋めた。和毛に籠もる甘ったるい汗の匂いを嗅ぐと、膣内で一物が歓喜に震えた。

唇を求め、ネットリと舌をからめて清らかな唾液をすすり、ズンズンと股間を突き上げはじめると、

「ンンッ……！」

千枝が熱く呻き、チュッと彼の舌に吸い付いてきた。

甚介が突き上げを強めていくと、彼女も合わせて腰を遣い、互いの動きが一致してきた。大量の淫水が溢れて律動が滑らかになり、溢れた分がふぐりまで生温かく濡らした。

「ああ……。い、いい気持ち……」

千枝が口を離して喘ぎ、クチュクチュと淫らな摩擦音を立てて股間を擦りつけた。甚介は、千枝の吐き出す甘酸っぱい息を嗅ぎ、鼻腔を湿らせながら激しく高

まっていった。

「唾を飲ませて……」

囁くと、すっかり彼の性癖を理解した千枝も、すぐ懸命に唾液を分泌させ、口に溜めた唾液をトロトロと吐き出してくれた。彼も生温かく小泡の多い粘液を味わい、うっとりと喉を潤して突き上げ続けた。

「い、いきそう……」

千枝が言い、膣内の収縮を活発にさせていった。

甚介も高まり、千枝の喘ぐ口に鼻を押し込み、湿り気ある果実臭の息を胸いっぱいに嗅ぎながら絶頂に達していった。

「く……！」

突き上がる快感に呻き、ありったけの熱い精汁をドクンドクンと勢いよく内部にほとばしらせると、

「き、気持ちいいッ……。アアーッ……！」

噴出を受けた途端に千枝も気を遣り、声を上ずらせながらガクガクと狂おしい痙攣を開始した。

甚介は心ゆくまで快感を味わい、最後の一滴まで出し尽くして、満足しながら

徐々に突き上げを弱めていった。

「アア……」

彼が力を抜くと、千枝も肌の硬直を解いて声を洩らし、グッタリともたれかかってきた。一物は膣内の収縮に刺激され、ヒクヒクと跳ね上がった。

甚介は彼女の重みと温もりを感じ、甘酸っぱい息で鼻腔を満たしながら、うっとりと快感の余韻を嚙み締めたのだった。

五

「もう、そんなことをしなくても良いのに……」

甚介が風呂の水汲《みずく》みをしていると、賀夜が入ってきて言った。

今日、庄右衛門は寄り合いに出向き、皆に甚介のことを報告するようだ。千枝は、奉公人の女と一緒に町へ出て、着物を選びに行っている。

「いえ、まだ正式に婿《むこ》に入ったわけではないし、力も余っていますので」

「ならば、その力を私に……」

賀夜も、相当に淫気を溜め込んで言い、にじり寄ってきた。

いつ他の奉公人が来るか分からないので、このまま湯殿でしたいらしい。

甚介も急激に淫気を催《もよお》し、裾を端折《はしょ》っていたので、そのまま下帯を取り放ってしまった。

賀夜も太腿の付け根が見えるほど裾をめくり上げてしゃがみ込み、彼の股間に顔を寄せてきた。

そして、ムクムクと勃起しはじめた一物に迫り、指で包皮を剝《む》き、クリッと露出した亀頭にしゃぶり付いた。

「ああ……」

甚介は風呂桶《ふろおけ》に寄りかかりながら、快感に喘いだ。

賀夜も念入りに鈴口を舐め、スッポリと呑み込んで吸い付きながらクチュクチュと舌をからませてきた。

生温かな口の中で唾液にまみれ、舌に翻弄《ほんろう》されながら彼自身はたちまち最大限に膨張していった。口の中で大きくなると、賀夜は嬉《うれ》しがるように熱い息を弾ませて恥毛をくすぐった。

やがて充分に高まり、彼が腰を引くと賀夜もスポンと口を引き離した。

甚介は帯を解いて着物も脱ぎ去り、全裸になってしゃがみ込むと、入れ替わりに賀夜を立たせた。

「ここに手を突いて、お尻を突き出して下さい」

「ああ、恥ずかしいわ。昼間からこんな格好……」

言うと、賀夜は声を震わせながらも従い、風呂桶に両手を突くと彼に背を向けて屈み込み、白く豊満な尻を突き出してきた。

しゃがみ込んだ甚介は、両の親指でムッチリと尻の谷間を開き、桃色の蕾に鼻を埋め込んだ。

顔中に弾力ある双丘が密着し、生々しい匂いが鼻腔を刺激してきた。

彼は胸いっぱいに嗅いでから舌を這わせて襞を濡らし、ヌルッと潜り込ませて滑らかな粘膜を味わった。

「あう……」

賀夜はクネクネと尻を震わせて呻き、キュッと肛門で舌先を締め付けた。

甚介は舌を出し入れさせるように蠢かせ、ようやく顔を引き離し、彼女を向き直らせた。

片方の足を浮かせて風呂桶のふちに乗せ、開かれた股間に顔を寄せると、すでに溢れた淫水が内腿にまで伝い流れていた。

甚介は腰を抱え、柔らかな茂みに鼻を擦りつけて嗅いだ。

生ぬるい汗とゆばりの匂いが馥郁と籠もって鼻腔を刺激し、彼は胸を満たしながら舌を挿し入れていった。

淡い酸味のヌメリを掻き回し、膣口からオサネまで舐め上げると、

「アアッ……、いい気持ち……」

賀夜が熱く喘ぎ、新たな蜜汁を漏らしながらガクガクと膝を震わせた。

甚介も執拗にオサネを吸っては、溢れるヌメリをすすった。

「ね、ゆばりを出して下さい」

「そ、そんなこと……」

「どうかお願いします。少しだけでも良いので」

せがみながらオサネを舐め回すと、興奮に突き動かされ、賀夜は否応《いやおう》なく下腹に力を入れて尿意を高めはじめたようだ。

やはりこれも冥王丸の力で、求めれば相手は必ずその気になってしまうのかも知れない。

「アア……、本当に出そう。いいのかしら……」

賀夜が声を震わせ、柔肉の内部を盛り上げて味わいと温もりを変化させた。

すると間もなく、温かな流れがチョロチョロとほとばしってきたのだ。

甚介は口に受け、艶めかしい匂いと味わいを堪能して喉に流し込んだ。

「あうう……、駄目……」

賀夜は言って懸命に止めようとしたが、いったん放たれた流れは勢いを増していった。やがて溢れた分が肌を温かく伝いはじめたが、間もなく流れは治まってしまった。

「ああ……」

出し切ると、賀夜は声を洩らして足を下ろし、クタクタと座り込んできた。

それを抱き留め、甚介は簀の子に仰向けになって彼女を跨がらせた。

賀夜も息を弾ませながら懸命に先端を陰戸に受け入れ、ヌルヌルッと根元まで納めて座り込んだ。

「アアッ……、すごい……！」

彼女は股間を密着させて喘ぎ、上体を起こしていられないようにすぐにも身を重ねてきた。

甚介も、肉襞の摩擦と温もりを感じながら抱き留め、ズンズンと股間を突き上げはじめた。すると彼女も、股間をしゃくり上げるように動かし、柔らかな恥毛を擦りつけてきた。

「き、気持ちいいわ……。すぐいきそう……」

賀夜が熱く囁き、次第に動きを速めてきた。

溢れる淫水が律動を滑らかにさせ、ピチャクチャと卑猥《ひわい》な摩擦音が響いて、互いの股間がビショビショになった。

甚介も動いて高まりながら、下から彼女の唇を求めた。

「ンンッ……！」

賀夜はピッタリと唇を重ね、熱く息を弾ませながら舌をからめてきた。

彼は生温かな唾液に濡れ、滑らかに蠢く舌を舐め回し、甘い息に酔いしれながら股間を突き上げた。

「アア……、いいわ。もっと突いて……」

賀夜が淫らに唾液の糸を引いて口を離し、熱く喘いだ。湿り気ある吐息は甘い白粉《おしろい》臭に、ほんのりと鉄漿《おはぐろ》の成分である金臭い匂いも混じり、悩ましく鼻腔を刺激してきた。

「舐めて……」

甚介が興奮に任せ、かぐわしい口に鼻を押し込みながら言うと、賀夜はヌラヌラと舌を這わせてくれた。

吐息と唾液の匂いに包まれ、甚介も絶頂を迫らせていった。

「ね、顔に思い切り唾を吐きかけて……」

「そ、そんなこと、出来るわけないでしょう。大事な婿殿に……」

言うと、賀夜は嫌々をして答え、キュッと膣内を締め付けてきた。

「お願い、婿に入ったら無理なことは言いませんので……」

甚介が執拗にせがむと、賀夜も意を決したように唇を引き締め、息を吸い込んで溜めた唾液をペッと吐きかけてくれた。

「ああ……、変な気持ち……」

賀夜は声を震わせ、粗相《そそう》したように新たな淫水を大量に漏らしてきた。

甚介も、甘い息を顔中に受け、生温かな唾液の固まりを鼻筋に受けて興奮を高めた。

「顔じゅうもヌルヌルにして……」

さらに顔を押しつけて言うと、賀夜も激しく腰を遣いながら、垂らした唾液を舌で塗り付け、鼻筋も頬も瞼《まぶた》もヌルヌルにまみれさせてくれた。

「い、いく……！」

たちまち甚介は昇り詰めて口走り、大きな快感に全身を貫かれた。

同時に、熱い大量の精汁がドクンドクンと勢いよくほとばしり、奥深い部分を直撃した。

「あう、気持ちいい……。いっちゃう……！」

噴出を受けた賀夜が呻き、あとは声もなくガクガクと絶頂の波に狂おしく全身を波打たせて気を遣った。

膣内の収縮も最高潮になり、内部に放たれた精汁を飲み込むようにキュッキュッと艶めかしく締まった。

甚介は心ゆくまで快感を味わい、最後の一滴まで出し尽くしていった。

そして満足しながら突き上げを弱めていくと、

「アア……」

賀夜も声を洩らし、熟れ肌の強ばりを解いてグッタリと力を抜き、遠慮なく彼に身を預けてきた。やはり普段と場所も異なり、湯殿で人目を忍んで交わる興奮と快感は相当に大きいようだった。

まだ膣内は収縮が繰り返され、過敏になった一物がヒクヒクと内部で跳ね上がった。

「ね……、おっかさんて呼んで……」

「お、おっかさん……」

「アア、可愛い……」

甚介が答えると、賀夜は感極まったように彼の顔中に舌を這わせてきた。

彼は、熱く湿り気ある、義母の口の匂いに酔いしれながら、うっとりと快感の余韻を噛み締めたのだった……。

第五章　先の世で目眩《めくるめ》く快楽を

一

「ああ、美百合様、会えて良かった……」

甚介は、山中にある美百合の小屋を訪ねて言った。

朝餉《あさげ》を終えると所用と言って屋敷を出て、森を抜けて小屋に来たのだが、彼女の顔を見るまで不安だったのだ。

何しろ、この世のものではない美女だから、もう会えないかも知れないと思っていたのである。

今日も美百合は白い着物と袴《はかま》で、出来た刀を見ているところだった。

「いかがです。冥王丸の力は」

美百合は、穏やかな笑顔で迎え入れてくれた。

「はい、おかげさまで幕臣たちとも引けを取らずに話し合え、名主《なぬし》の婿養子《むこようし》になることも決まりました」

「それは良かったです。では、歴史に残っている小倉甚介に間違いないですね」

「そのことですが、まだまだ村がどうなるのか心配です。薩長軍が村を通り、戦場《いくさば》になるのではないかと」

甚介は言った。本当は、自分たちの力で乗り越えなければならないのだが、何しろ自分だけでなく村人全体のことだから、もっと詳しく先のことを知りたいと思ったのだ。

「確か、あなたは晩年に村史を残しているはずです。それを読めば村がどうなるか、あるいはどのように切り抜けるかが分かります」

「読めるでしょうか」

「ええ、また百五十年後に飛べば」

美百合は言い、ためらいなく袴を脱ぎ去った。

「いかせてくれれば、一緒に飛べるでしょう」

彼女は着物も脱ぎ、たちまち一糸《いっし》まとわぬ姿になって布団に横たわると、甚介も急激に淫気を催《もよお》して全裸になった。

あるいは先のことを知りたい以上に、彼は美百合と快楽を分かち合いたかったのかも知れない。

添い寝した甚介は甘えるように腕枕してもらい、甘ったるい匂いの沁み付いた腋《わき》に鼻を埋めながら、張りのある乳房に手を這わせた。

「ああ、お会いしたかった……」

彼は匂いに酔いしれながら言い、美百合の体臭で胸を満たしてから、チュッと乳首に吸い付いていった。舌で転がし、もう片方も含んで充分に舐め回してから、滑《なめ》らかな肌を舐め下りた。

「ああ……」

美百合もうっとりと喘《あえ》ぎ、されるまま身を投げ出してくれていた。

臍《へそ》を舐め、顔を押しつけて腹部の弾力を味わい、腰からムッチリした太腿、脚を舐め下りていった。

スベスベの脚を味わい、足首まで行って足裏にも顔を埋め、舌を這わせて指の股に鼻を割り込ませて嗅《か》いだ。汗と脂《あぶら》に湿って蒸《む》れた匂いも控えめで、やはり他の女とはどこか違う気がした。

両足とも味と匂いを貪《むさぼ》り、やがて股間に顔を進めていった。

美百合も大胆に大股開きになり、甚介は滑らかな内腿を舐め上げ、先に両脚を浮かせて尻の谷間に迫った。

キュッと閉じられた薄桃色の蕾《つぼみ》に鼻を埋め、微香を嗅いでから舌を這わせて襞を濡らし、ヌルッと潜り込ませて粘膜を探ると、

「あう……、いい気持ち……」

美百合が呻《うめ》き、キュッと肛門で舌先を締め付けてきた。

甚介は充分に舌を蠢《うごめ》かせてから脚を下ろし、すでに濡れはじめている陰戸《ほと》に顔を埋め込んでいった。

柔らかな茂みに籠もる、生ぬるい汗とゆばりの匂いを嗅いで鼻腔《びこう》を満たし、舌を挿《さ》し入れて淡い酸味のヌメリを掻き回した。

膣口からオサネまで舐め上げていくと、

「アア……!」

美百合がビクッと顔をのけぞらせて喘ぎ、内腿で彼の顔を挟み付けてきた。

甚介は匂いに酔いしれながらオサネを吸い、溢《あふ》れる淫水を舐め取った。さらに指を挿し入れ、内壁を小刻みに擦《こす》ると彼女の息遣《いきづか》いが荒くなってきた。

「い、いっちゃう……。アアッ……!」

彼が挿入する前に、美百合は喘ぎながらガクガクと狂おしく身悶《みもだ》え、たちまち気を遣《や》ってしまった。

「ああ……」

力尽きて声を洩らし、彼女がグッタリと身を投げ出すと、いつの間にか周囲の景色が一変していた。

前と同じ、心地よい台の上の分厚い布団だ。

甚介は舌と指を引っ込め、百五十年先の室内を見回し、やはり前に来たのは夢ではなかったのだと思った。

「す、少し待って……」

美百合が、呼吸を整えながら言った。

甚介は布の敷き詰められた床に下り、窓から外を見た。木々の間に石のような四角い建物が並び、車の付いた箱も行き交っている。

ようやく美百合も身を起こし、枕元にあった柔らかそうな紙を手にして陰戸を拭《ぬぐ》い、全裸のまま椅子に座った。

そして机に置かれた箱の蓋《ふた》を開けると、明るい画面が現れ、彼女はからくりを操作した。

「あったわ、あなたが書いた村史の一部」

言われて、甚介も窓から離れて彼女の肩越しに覗《のぞ》き込んでみたが、何やら小さな文字が規則正しく並んでいる。

「綺麗な字ですが、何だか小さくて目眩《めまい》がしそうです……」

「ええ、私が読んで聞かせるわ。どうやら晩年のあなたは、私の言いつけを守って、先の知識があることは隠して書いているみたい」

美百合が言い、画面を目まぐるしく流し、また甚介は目が痛くなってきた。

「薩長軍の一部が村を通ろうとするけれど、あなたが上手《うま》く説得して迂回《うかい》してもらったと書かれているわ。どう説得したか詳しく書いてないけれど、恐らく冥王丸の力じゃないかしら」

美百合が画面を見ながら言う。

「はあ、村が無事ならそれで良いのですが……」

「とにかく薩長軍に関しての村の記述はそれだけ。江戸中が焼けることもなく、五月に上野《うえの》で戦争はあるけれど、あとは東北から北海道へ戦線は移っていくし、九月には年号が変わって新時代になるから、心配もあと僅《わず》かのことよ」

「そうですか。安心しました」

美百合の言葉に、甚介も胸を撫《な》で下ろして答えた。

「せっかくだから、少し外へ行ってみる？　見聞きするだけでも、うんと成長すると思うから」

美百合が言って自分は洋服を着て、彼には何やらこの時代の服を渡した。

「男女兼用のジャージにパーカー、帽子を被れば髷《まげ》も分からないわね」

わけの分からないことを言われ、甚介は全裸の上から彼女に従って服を着た。

温かくて柔らかく、実に快適だった。

やがて美百合について部屋を出て、草履《ぞうり》のようなものを穿《は》いて洋式の玄関を出ると、階段を下りて外へ出た。

「都心よりはずっと静かだけれど、それでも珍しいものばかりでしょう」

「あ、あれは……」

甚介は、前の道を通り過ぎる奇妙なものを見て言った。車輪の付いたものに女が乗って走り去っていったのだ。

「自転車。自分で回転する車よ。足で漕《こ》いで進むの」

「前後の車だけで、倒れないのですか……」

「慣れれば大丈夫、歩くより何倍も速いわ」

美百合が言い、通りに出て町を歩いた。どの家も豪華で、みな二階建てだ。さらには石で出来た四角い建物も並んでいる。

「コンビニ、いえ、何でも屋に入りましょう。何か欲しいものもあると思うわ」

美百合が指す方を見ると、四角い色とりどりの建物があった。

一緒に中に入ると、店内は明るく温かく、軽やかな音が流れていた。

「お昼は何がいい？」

「はあ、うどんか蕎麦《そば》が……」

「じゃ、これにしましょう」

美百合は緑のたぬきと書かれた商品を籠《かご》に入れ、自分も何品か入れた。

「許婚《いいなずけ》の人に飴《あめ》とかは？」

「ええ、あげたいです」

「じゃこれがいいわ。ミルクは牛だから嫌がるといけないので、果物の飴を」

美百合は適当に選んでくれ、やがて会計して店を出た。

商品を入れた白い袋を持ち、もう少し周辺を歩いてみたが、自動車というものが横を走り去るたび彼は肝《きも》を冷やした。

やがて一回りして美百合の住まいに戻り、部屋に入るとほっとしたものだ。

彼女が台所で湯を沸かし、その間に昼食の仕度をした。

「包み紙は全部剝《は》がした方がいいわね」

美百合は言い、袋から開けた黄色い飴を一つ一つ透明の紙から出し、半紙に包んでくれた。

そして湯を入れて蒸らした天麩羅《てんぷら》蕎麦を食ったが、あまり旨《うま》くはない。

それでも温かくて、腹は満たされたのだった。

二

「じゃ、身体を流してから、慶応四年に戻りましょう」

美百合が言って全裸になると、甚介も借りた服を全て脱ぎ去った。

一緒に明るい風呂場に行き、甚介は管の付いた如雨露《じょうろ》から流れ出る湯で全身を流し、泡立つ液体で腋や股間を洗い、前のように歯も磨かせてもらった。

そして湯を浴びて泡を落とし、口をゆすぐと、また彼は例のものを求めてしまった。

「どうか、ゆばりを……」

床に座って言うと、美百合も心得たように目の前にスックと立ち、足を浮かせて風呂桶《ふろおけ》に乗せ、開いた股間を突き出してくれた。

恥毛に鼻を埋めて嗅ぐと、彼の要望であまり洗わないでいてくれたが、それでも多少匂いは薄れてしまっていた。

中を舐めると、新たな淫水が溢れて舌の動きが滑らかになった。

「いい？　出るわ……」

美百合が息を詰めて言い、間もなくチョロチョロと温かな流れが口に注がれてきた。

甚介はうっとりと味わい、控えめな味と匂いを堪能しながら喉を潤《うるお》した。

勢いがつくと口から溢れた分が、心地よく肌を伝い流れた。さっきは美百合を舐めていかせただけで自分はまだ快感を得ていないから、一物《いちもつ》はピンピンになりはち切れそうに勃起していた。

「ああ……」

美百合は声を洩らして放尿をし終わり、ガクガクと膝を震わせた。

甚介はポタポタと滴《したた》る余りの雫《しずく》をすすり、残り香の中で割れ目内部を舐め回して、新たに溢れる蜜汁を味わった。

やがて彼女が足を下ろし、もう一度互いの全身を洗い流すと、身体を拭いて部屋に戻った。

美百合は彼を仰向けにさせ、大股開きにさせた真ん中に腹這い、内腿を舐め上げて股間に顔を寄せてきた。

先に彼の両脚を浮かせ、尻の谷間を舐め回してくれた。

チロチロと舌が這い回り、唾液に濡れた穴にヌルッと舌が潜り込むと、

「あう……！」

甚介は快感に呻き、キュッと肛門で美女の舌先を締め付けた。

彼女は内部で舌を蠢かせ、熱い鼻息でふぐりをくすぐってから、ようやく脚を下ろして舌を抜いた。そのままふぐりを舐め回して二つの睾丸《こうがん》を転がし、袋全体を生温かな唾液にまみれさせた。

いよいよ舌先が肉棒の裏側を這い上がり、先端に来ると、粘液の滲《にじ》む鈴口《すずぐち》をチロチロと舐め回した。

そしてスッポリと根元まで呑み込むと、長い黒髪がサラリと股間を覆《おお》い、熱い息が内部に籠もった。

美百合は幹を丸く締め付けて吸い、口の中でクチュクチュと舌を蠢かせた。

「ああ……、気持ちいい……」

甚介は快感に喘ぎ、唾液にまみれた肉棒をヒクヒクと震わせた。

「ンン……」

美百合は熱く鼻を鳴らして吸い付き、顔を上下させてスポスポと強烈な摩擦を繰り返してくれた。甚介もズンズンと合わせて股間を突き上げ、充分すぎるほど高まっていった。

「い、いきそう……」

彼は限界を迫らせて口走った。口に漏らしてしまったら美百合が気を遣らず、元の世界に戻ることが出来ない。

すると美百合もすぐにスポンと口を引き離し、包んだ餡を持っていくため枕元に置き、彼の股間に跨がってきた。唾液に濡れた先端に陰戸を押し当て、擦りつけながら位置を定めた。

やがて腰を沈み込ませると、張りつめた亀頭が潜り込み、あとは滑らかにヌルヌルッと肉襞の摩擦に包まれながら一物は根元まで嵌まり込んでいった。

「アア……、いいわ……」

美百合が完全に座り込み、股間を密着させて喘いだ。

さらに彼女はグリグリと股間を擦りつけてから、ゆっくり身を重ねてきた。

甚介も、温もりと感触を味わいながら両手で抱き留め、僅かに両膝を立てて少しずつ股間を突き上げはじめた。

そして下から唇を求めると、美百合も上からピッタリと重ね合わせてくれ、互いに舌をからめた。

滑らかに蠢く舌は生温かく清らかな唾液に濡れ、彼はすすりながら甘い息に酔いしれた。

次第に互いの動きも一致し、大量に溢れる熱い淫水がふぐりから肛門にまでヌラヌラと伝い流れて、クチュクチュと摩擦音が響いた。

「ああ……。い、いきそう……」

美百合が口を離して喘ぎ、動きを速めてきた。

今日も彼女の吐息は熱く湿り気を含み、果実のような甘酸っぱい匂いが濃厚に鼻腔を刺激してきた。

膣内の収縮も活発になり、甚介はジワジワと絶頂を迫らせ、美百合のかぐわしい口に鼻を擦りつけ、唾液のヌメリの中で高まっていった。

「い、いきそう……」

「いいわ、いって……。私も……」

甚介が言うと、すっかり高まった美百合も答え、もう遠慮なく彼は股間を突き上げながら昇り詰めていった。

「く……！」

大きな絶頂の快感に呻き、熱い大量の精汁をドクンドクンと勢いよく柔肉の奥に注入すると、

「い、いく……。アアーッ……！」

噴出を感じた美百合も気を遣って声を上ずらせ、ガクガクと狂おしい痙攣《けいれん》を開始した。膣内の収縮も高まり、甚介は溶けてしまいそうな快感の中で、最後の一滴まで出し尽くしていった。

満足しながら突き上げを弱めていくと、美百合も力尽きてグッタリともたれかかってきた。やはり指と舌だけで気を遣るのと、肉棒を受け入れるのでは快感が段違いなのだろう。

まだ収縮する膣内で、彼は過敏になった一物をヒクヒクと震わせ、かぐわしい息を間近に嗅ぎながら、うっとりと快感の余韻を味わった。

すると、いつの間にか周囲の風景が変わり、小屋に戻っていた。

美百合も、絶頂の最中でも飴の包みをしっかり握っていてくれた。

「戻れたわね……」

彼女は周囲を確認して言うと、また力を抜いて身体を預け、互いに荒い呼吸を繰り返したのだった……。

三

「甘酸っぱくて美味《おい》しいわ。この蜜柑《みかん》の飴……」

「ええ、幕軍の人にもらいました」

昼過ぎに屋敷に戻ると、甚介は飴を千枝と賀夜、庄右衛門にも渡し、自分も一粒舐めてみた。

「幕軍は良い菓子を持っているのだなあ」

庄右衛門も旨そうに舐めながら言った。

次の吉日、つまり祝言《しゅうげん》の日まであと三日。名主の一家も村中も、この目出度《めでた》いことのある日々を楽しんでいるようだ。

しかし一度、甚介は薩長軍と相まみえるのである。

それは先に起こる決まり事であり、祝言の前と村史の記述にあったので、もう間もなくであろう。

美百合の話では、二月には江戸城を出た将軍慶喜《よしのぶ》が寛永寺《かんえいじ》に閉居。それを守る彰義隊《しょうぎたい》が結成。そして本格的な戦は五月だという。

すでに薩長軍も近くまで来ていて、今にも村が占拠されるのではないかという不安が甚介の胸にはあった。

と、そこへ礼香がやって来た。

「甚介、軍議に加わってもらいたい」

言われて、甚介も冥王丸を帯びて立ち上がった。

「帰ってきたばかりなのに……」

「心配要らないよ。夕刻までには戻れると思うから」

千枝に答え、甚介は外に出ると、礼香に従っていった。

向かったのは、幕軍が使っている廃村の雲井村だ。

「何を口に入れている」

「飴ですが」

「欲しい。それをくれ」

礼香は言い、誰もいない山道で顔を寄せ、唇を合わせてきた。

甚介も甘い息を嗅ぎながら舌をからめ、口の中で小さくなっている飴を口移しに押し込んでやった。

「ああ、美味しい……」

口を離し、礼香は飴を舐めながら言った。

そして二人は、雲井村の幕軍陣地へ入ったのだった。

一軒の家が寄り合いになっているようで、奥には二人の男がいた。

「おう、お前さんが甚介かい、短筒《たんづつ》の弾を跳ね返したってのは。なるほど、ただの百姓じゃねえ感じだね」

四十代半ばの男が、笑みを浮かべて言った。

「なるほど、うちに欲しい」

もう一人、三十代半ばの顎《あご》の張った男も言った。

「こちらは、海軍総裁の勝海舟《かつかいしゅう》様と、新選組局長の近藤勇様である」

礼香が言い、甚介は驚いて深々と頭を下げた。もちろん青梅の田舎者でも、二人の名前ぐらいは、回ってくる読売《よみうり》（瓦版《かわらばん》）で知っていた。

海舟は薩軍との交渉を目論《もくろ》み、こちらの方にも視察に来ていたようだ。

歴史上では、海舟と西郷隆盛《さいごうたかもり》の会談は三月に行われる。

そして勇は幕軍の新結成に奔走《ほんそう》しているが、四月には斬首《ざんしゅ》という運命が待っていた。

「で、好戦派と交渉派で分かれて話し合っているのさ。そこで非凡なお前さんの意見を聞きたいと思ってな」

海舟が言い、甚介は椅子を出され、二人の前に座らされた。周囲にも厳《いか》めしい幕臣たちが見守っている。

「私の願いは一つ、村々が戦場にならないことです」

「おう、奴らが村を占拠しようとしたらどうする」

「この雲井村に滞在してもらうのはどうでしょう。幕軍の方々には江戸へ撤退してもらい」

「なに！」

幕臣たちがいきり立ったが、海舟が笑い出した。

「そいつぁいい。もともと村人のいないところを、俺らが勝手に陣地にしてるんだ。奴らに明け渡したって、村の誰も迷惑しねえな。水と食料を補充してやりゃ交渉の目も出てくるってもんだ」

海舟の言葉に、周囲に意見を挟むものはいなかった。

「どうせ奴らの目的は江戸だ。焼かれるのは困るが、少々の悶着《もんちゃく》は覚悟の上として、少しでも早く敵の総大将と会いたいと思う」

海舟が言い、笑みを消して甚介を睨《にら》んだ。

「で、連中が来たらどう交渉する」

「私が説得しますので」

「おお、そうかえ。お前なら出来そうな気がしてきたわさ」

海舟が言うと、勇も腕組みをして甚介を見た。

「大した度胸だ。うちのトシが見たら、もう手元から離さぬだろう」

勇が言う。彼の盟友の土方歳三も、度胸のある若者が好きだから、そう言ったのである。

と、そのとき若侍が駆け込んできた。

「どうやら十数人の薩摩《さつま》兵《へい》がこちらへ向かっています」

その言葉に、幕臣たちがいきり立ったが、海舟が制した。

「よし、甚介に行ってもらおう。立ち会いにもう一人」

「私が行きます！」

海舟の言葉に礼香が立ち上がったが、

「いや、お前さんは統率のため大事な人だ。厳《いか》つい奴よりも、そう、お嬢さんが良かろう」

彼が指したのは、美香であった。

「はい！　では私が行きます」

美香が頬を紅潮させて言い、甚介も立ち上がった。

「では、ご一行は撤退をお願い致します」

「ああ、分かった。まずは争わず、ここで骨休めしてもらうとするか」

海舟は言い、手早く敵方に見せる書状を認《したた》め、甚介に渡した。

そして不服そうな幕臣たちを促すと、勇も決定には従うようで、急いで撤退の仕度を始めた。

「甚介、美香、くれぐれも気をつけて！」

礼香に言われて見送られた甚介と美香は、雲井村を出て見張りの言う方角へと急いだ。

見張りは途中で引き返し、なおも進むと、やはり冥王丸の力で、甚介には前方から来る連中の気配が分かった。

「美香様、私の後ろから離れないように」

「な、なぜそのように落ち着いている……」

「私は百歳まで生きると神の啓示がありましたので」

甚介が笑って言うと、美香もやや緊張を解いたようだ。

やがて彼方《かなた》から、黒い筒袖《つつそで》の薩摩兵が銃を構えて前進してきた。

「おっ、人だ。村のもんか」

「いや、武士を連れておりもす」

話し声が、五感の研《と》ぎ澄まされた甚介の耳にも届いたので、彼はそちらに向かい手を振ってみた。

すると、乱暴にもいきなり連中は発砲してきたのだ。

甚介は冥王丸を抜き、胸元でキーン！　と弾き返した。連中の銃と腕は、かなりの命中精度である。

「な、なにい……！」

彼方で声が上がり、甚介の背後にいる美香も立ちすくんでいた。

「撃たないでください。交渉です」

甚介は、冥王丸を鞘《さや》に納めて言った。

するると銃を構えている連中を掻き分け、陣羽織《じんばおり》の男が前に出てきた。先鋒《せんぽう》である、この小隊の隊長だろう。

「おんし、何モンか！」

「この在の名主の倅《せがれ》、小倉甚介と申します。こちらは立ち会いの幕臣の方です」

「ふうん、肝ン太か男たい。交渉なら、おんしの村を借りたい」

男は、獣のような眼差しで甚介に迫った。

「村なら、無人になった場所があります。今まで幕軍が使っていたもので、水も食料もありますので。これが幕軍総裁、勝海舟先生の書状です」

甚介は、懐中の手紙を見せた。

「な、なぜ我らに休息の場を……」

手紙をざっと読みながら男が言う。

「他の村を襲わぬ約定《やくじょう》を取り付けたいからです」

「罠《わな》じゃなかろうな」

「同行しますので、不審があれば私を斬《き》ればよろしいでしょう」

「うう……、さっきは弾丸を跳ね返しおったな。ただの百姓ではあるまい」

「私は、村の神に庇護《ひご》されております」

「そ、そっちの武士は、女じゃなかか……」

「男だとすぐ戦いになってしまいますので。さあ、ご承服頂けるなら案内しますので」

甚介が背を向け、雲井村へ歩きはじめた。

「よか。そこまで良い度胸を見せるンなら、こっちも薩摩の武士たい。案内願おうか」

男が言い、部下たちに手で合図すると、連中は周囲に気を配りながら甚介たちに従ってきた。

すっかり日が傾き、西空が真っ赤に染まっていた。

やがて雲井村に着くと、約束通り幕軍は引き上げたあとだった。

「おお、食いモンも置いてあるじゃなかか。まさか毒入りじゃなかろうな」

「この小隊を全滅させたって仕方がないでしょう。もっと多くの後続が来るんでしょうから」

「なるほど」

男は言い、一人を後続へ使いに走らせた。他のものは、恐る恐る建物の中を見て回っている。

「どうか、他の領内には入らないでください。ここから江戸までは真っ直ぐですので、後続にもそのようにお伝えを」

「ああ、おんしの度胸に免じて信じるとしよう。村も荒らさぬと約束する」

「有難うございます。では私たちはこれにて」

甚介は辞儀をして言い、美香とともに雲井村を出た。連中も、凛《りん》として可憐《かれん》な美香を好色な目で見ていたが、今は休息と後続への繋ぎが第一として、黙って見送ってくれた。

幕軍は、八王子《はちおうじ》方面へ撤退しただろうから、甚介は途中まで美香を送っていくことにした。

「も、漏らしそう……」

美香が言い、甚介も頷《うなず》くと一緒に道を逸《そ》れて草むらの中に入っていった。

礼香が目をかけている女丈夫《じょじょうふ》とはいえ、十九の小娘には相当な緊張と恐怖の連続であっただろう。

美香がもどかしげに大小を置き、袴の前紐《まえひも》を解いて袴を下ろした。

甚介は草に仰向けになり、自分も裾をめくり、股引《ももひき》と下帯《したおび》を解いて股間を露《あら》わにさせた。

「どうか、跨いでください」

手を引いて言うと、美香は尿意と同時に、緊張と混乱の中で淫気も催したように、ためらいなく跨いでしゃがみ込んできた。

甚介は真下から腰を抱えて引き寄せ、柔らかな茂みに鼻を埋め、濃厚に蒸れた汗とゆばりの匂いを貪った。そして割れ目に舌を挿し入れて掻き回すと、すぐにも熱い流れがほとばしってきた。

四

「アア……。なぜ私は、こんなことを……」

放尿しながら美香が声を震わせ、さらに勢いを増して注いできた。

甚介も夢中で口に受け止め、以前より味も匂いも濃いゆばりを必死で喉に流し込み、甘美な悦《よろこ》びで胸を満たした。

しかし美香も緊張が大きくて尿意を催したが、実際はそれほど溜まっておらず、噎《む》せる前に勢いが弱まり、彼も全て飲み干すことが出来た。

放尿が治まると、甚介は余りの雫をすすり、内部を舐め回した。

「アア……」

美香は熱く喘ぎ、残尿を洗い流すように淡い酸味のヌメリを漏らしてきた。

甚介は残り香を味わい、淫水をすすってから、さらに尻の真下に潜り込んでいった。

ひんやりした双丘を顔中に受け止め、谷間の蕾に籠もった匂いで鼻腔を満たしてから、チロチロと舐めて濡らし、ヌルッと潜り込ませた。

「あう……」

美香が呻き、キュッと肛門で舌先を締め付け、さらに陰戸からは糸を引く淫水を垂らしてきた。

「も、もう駄目……」

舌で粘膜を探っていると美香が言い、ビクリと股間を引き離してしまった。

そして自分から顔を移動させ、屹立《きつりつ》している肉棒を舐め回し、スッポリと根元まで呑み込んでいった。

「ああ……」

暮れなずんで冷えてきた屋外で、肉棒のみが温かく濡れた美女の口腔《こうこう》に深々と含まれて、彼は快感にヒクヒクと幹を震わせて喘いだ。

美香も幹を締め付けて吸い、熱い息を股間に籠もらせながらクチュクチュと舌をからめてきた。そして顔を上下させ、スポスポと摩擦しながら、たっぷりと肉棒を唾液にまみれさせた。

やがて彼が充分に高まったと察してスポンと引き抜くと、美香は身を起こして前進し、唾液に濡れた先端に陰戸を押しつけてきた。

ゆっくり腰を沈ませて、ヌルヌルッと滑らかに一物を膣内に納めた。

「アアッ……！　すごい……」

美香が顔をのけぞらせて喘ぎ、すぐにも身を重ねて彼の肩に腕を回してきた。

甚介も両手を回し、僅かに両膝を立て、すぐにもズンズンと股間を突き上げはじめた。

「あうう……、いい気持ち……」

美香が、熱く甘酸っぱい息を弾ませて呻き、味わうようにキュッキュッときつく締め付けてきた。

唇を重ねて舌を挿し入れると、

「ンンッ……！」

美香も熱く鼻を鳴らし、夢中で彼の舌に吸い付いた。

甚介は生温かな唾液をすすって喉を潤し、滑らかに蠢く舌を探って味わった。

彼女も突き上げに合わせて腰を遣うと、クチュクチュと湿った摩擦音が聞こえてきた。

まさか幕軍も薩摩軍も、その中間の野原で二人が交わっているなど夢にも思わないだろう。いつしかすっかり日が落ちて周囲は藍色《あいいろ》の夕闇に包まれ、東の空に月が昇りはじめた。

「ああ……。い、いきそう……」

美香が口を離して喘ぎ、甚介もジワジワと絶頂を迫らせながら、彼女の果実臭の息を嗅いでさらに高まった。

彼女も股間を擦りつけるように突き動かし、膣内の収縮を活発にさせた。

「い、いく……。アアーッ……!」

とうとう先に美香が気を遣り、声を上ずらせながらガクガクと狂おしい痙攣を開始した。続いて甚介も、収縮の中で絶頂に達し、大きな快感とともに勢いよく射精した。

「あう、熱い……!」

噴出を感じ、美香が駄目押しの快感に呻いて締め付けてきた。

甚介は心ゆくまで快感を噛み締め、最後の一滴まで出し尽くしていった。

満足しながら突き上げを弱めていくと、

「ああ……」

美香も声を洩らし、力尽きたように強《こわ》ばりを解いてグッタリともたれかかってきた。

重みと温もりの中、まだ収縮する膣内で過敏にヒクヒクと幹を震わせ、彼は甘酸っぱい息を間近に嗅いで余韻を味わった。

「ああ、気持ち良かった……。やっと落ち着いたわ……」

荒い呼吸を繰り返しながら、美香が徐々に息を吹き返したように囁いた。

「甚介が撃たれたときは、生きた心地もしなかったけれど……」

彼女は言いながら懐紙《かいし》を取り出し、そろそろと股間を引き離しながら陰戸を拭い清めた。

そして屈《かが》み込んで、淫水と精汁にまみれた一物にしゃぶり付き、念入りに舌を這わせてヌメリを吸い取ってから、あらためて懐紙に包み込んで拭いてくれたのだった。

息遣いを整えて二人で立ち上がり、身繕《みづくろ》いをした。

「ああ、力が抜けて歩きにくい……」

「じゃ、背負いましょうか」

美香が言うので甚介は彼女を背負い、山道を一気に走りはじめたのだ。

「ひい……！」

美香が息を呑んでしがみついてきた。

背には胸の膨《ふく》らみが当たって弾み、腰にはコリコリする恥骨まで感じられた。

それに肩越しに吐きかけられる果実臭の息が悩ましく、それでも力が抜けることなく、甚介は全速で八王子に走ったのだった。

やがて一行も着いたばかりのようなので、甚介は美香を下ろし、幕軍が使う陣屋敷に入っていった。

「おお、もう着いたのかえ」

海舟が出てきて言った。

「はい、首尾良く他の村は襲わないと約束してもらいました」

「そうか、俺《おら》あこれから馬を飛ばして江戸へ戻るからな」

海舟は安心したように言い、休む暇もなく出て行った。勇も、ここらは良く出《で》稽古《げいこ》に来ていた界隈《かいわい》なので、今は知り合いを訪ねているようだ。

やがて美香は、与えられた部屋に入って休息した。

「甚介、もう青梅へ戻るのも骨だろう。私の部屋へ泊まって」

礼香が出てきて言い、甚介も言葉に甘えることにした。

軽く夕餉を済ませ、風呂にも入ると寝巻に着替えて礼香の部屋へ行った。

彼女は、まだ入浴前である。多くの幕臣たちが順々に入るので、女は最後になってしまうようだ。

「交渉は上手くいったのだな」

礼香も大小を置き、洋服とズボンを脱いで寛《くつろ》いだ格好になって言った。

「ええ、最初はいきなり一発撃たれましたが、当たりませんでした」

「そう……。全くお前の不思議な力には驚く……」

「いいえ、話をすると、あちらの隊長も話の分かる男で、すぐにも応じてくれたのです」

「それならば良かった。美香が疲れて休んでしまったので、かなり難航したのかと思ったが」

礼香が言う。まさかこんな交渉の直後に、草の中で甚介と美香が情交したなど夢にも思っていないようだった。

それより彼女は、言いようのない淫気に頬を上気させていた。

「ここのところ、忙《せわ》しなく動き回ってばっかり。本当は風呂上がりにしたいのだが……」

「構いません。礼香様の匂いは大好きですので」

言われて、甚介も新たな淫気に包まれながら答えた。

そして礼香が襦袢《ジュバン》と下帯を脱ぎ去ってゆくので、彼も手早く全裸になってしまった。

敷かれた布団に仰向けになると、すぐにも礼香が屈み込み、勃起した一物にしゃぶり付いてきた。

どうやら夢中で、美香の淫水の匂いや精汁の残り香には気づかず、根元までスッポリ呑み込んで吸い付き、熱い鼻息で恥毛をそよがせながらクチュクチュと舌をからみつかせた。

肉棒は生温かな唾液にどっぷりと浸り、快感にヒクヒクと震えた。

「ンン……」

礼香は先端が喉の奥に触れるほど深々と含んで呻き、やがてスポンと口を離すと、ふぐりにも舌を這わせて睾丸を転がした。

「ああ……。こ、今度は私が……」

たちまち絶頂を迫らせた甚介が腰をくねらせて言うと、礼香は彼に添い寝してきた。

彼は礼香の乳房に顔を埋め込み、チュッと乳首に吸い付いて舌で転がしながら、張りのある膨らみに顔中を押しつけていった。

五

「アア……、いい気持ち……」

礼香が顔をのけぞらせて喘ぎ、何とも甘ったるく濃厚な汗の匂いを漂わせて悶えた。

甚介はのしかかり、左右の乳首を交互に含んで舐め回し、腋の下にも鼻を埋め込んでいった。生ぬるく湿った腋毛には、さらに濃く甘ったるい匂いが籠もり、嗅ぐと胸いっぱいに甘美な悦びが広がっていった。

さらに彼は女丈夫の引き締まった肌を舐め下り、腹部から腰、逞《たくま》しい脚を舐め下りていった。

体毛のある脛《すね》にも舌を這わせ、足首まで行って大きな足裏に回り、顔を押しつけて舌を這わせた。

「あうう……、そんなところは良いから……」

礼香は呻きながら腰をくねらせ、性急に大きな快感を求めてきた。

やはり明日をも知れぬ命と思い、日増しに欲望も大きくなっているのだろう。

甚介は指の股に鼻を押しつけ、汗と脂に湿ってムレムレになった濃い匂いで鼻腔を満たした。

そして美女の足の匂いを充分に嗅いでから爪先にしゃぶり付き、順々に指の股に舌を割り込ませて味わい、もう片方の足も、濃厚な味と匂いが薄れるほど貪り尽くしてしまった。

ようやく脚の内側を舐め上げ、張りのある内腿に軽く歯を立てながら陰戸に迫ると、そこはもう蜜汁が大洪水になっていた。

茂みに鼻を埋め込み、甘ったるい汗の匂いとゆばりの刺激を嗅ぎ、舌を挿し入れて淡い酸味の潤いを掻き回した。

膣口の襞を味わい、柔肉をたどって大きく突き立ったオサネまで舐め上げていくと、

「アア……、そこ……」

礼香がビクッと身を弓なりに反らせて喘ぎ、愛撫をせがむように股間を突き上げてきた。甚介もオサネを舐め回し、含んで強く吸い付き、前歯でコリコリと刺激しながら淫水を舐め取った。

「く……、お願い。入れて……」

「まだです。俯《うつぶ》せになってください」

礼香がせがんだが、甚介は言い、彼女に寝返りを打たせた。

「四つん這いになって、お尻を突き出して」

言うと、彼女も素直に尻を高く持ち上げてきた。甚介は指で谷間を広げ、僅かに突き出た艶《なま》めかしい蕾に鼻を埋め、秘めやかな匂いで鼻腔を満たしてから舌を這わせた。

ヌルッと潜り込ませて滑らかな粘膜を味わうと、

「あう……、駄目……」

礼香が呻き、肛門でモグモグと舌先を締め付けてきた。見ると陰戸から溢れた淫水が、内腿にまで伝い流れている。

「は、早く……」

前も後ろも舐められ、もう我慢できなくなったように礼香が尻をくねらせた。

甚介もようやく身を起こして股間を進め、後ろ取り（後背位）で先端を膣口に押し当てた。

「アア……、こんな格好で……」

礼香は無防備な四つん這いのまま、ヌルヌルッと一気に貫かれて喘いだ。

甚介も、正面とは微妙に違う摩擦快感を味わい、根元まで押し込むと、股間に当たって弾む尻の感触が何とも心地よかった。

尻を抱えて何度か腰を前後に動かすと、揺れてぶつかるふぐりまで生温かな淫水に濡れてヒタヒタと音を立てた。

白い背に覆いかぶさり、両脇から手を回して乳房を摑み、髪に鼻を埋め込んで甘い匂いを嗅いだ。さらに滑らかな背中を舐めて汗を味わい、たまにキュッと歯を立てると、

「ああッ……、もっと……」

背中は感じるらしく、礼香が顔を伏せて喘いだ。

甚介も勢いをつけて股間をぶつけ、強く礼香の背を嚙み、指で乳首を痛いほどつまんで動かした。

しかし、股間に当たる尻は心地よいが、やはり顔が見えないのが物足りず、途中で彼は動きを止めて身を起こした。

いったんヌルッと引き抜いて礼香を横向きにさせ、上の脚を持ち上げて下の内腿に跨がり、松葉くずしで再び一気に挿入した。

そして上の脚に両手でしがみつくと、互いの局部のみならず股間が交差し、密着した内腿が心地よかった。

「アア……、いい……」

腰を突き動かすと礼香も尻をくねらせ、キュッキュッときつく締め付けながら高まっていった。

やがて甚介は、また引き抜いて彼女を仰向けにさせ、今度は本手《ほんて》(正常位)でみたび挿入していった。股間を密着させて身を重ねると、礼香も両手で激しくしがみついてきた。

さらに両足まで彼の腰に巻き付けたので、もう抜かせない勢いである。

胸で張りのある乳房を押し潰《つぶ》し、汗ばんだ肌を密着させて激しく腰を突き動かした。溢れる淫水が律動を滑らかにさせ、クチュクチュと淫らに湿った摩擦音が響いた。

「アア……。い、いきそう……」

礼香もズンズンと股間を突き上げ、声を上ずらせて喘いだ。

甚介は上から唇を重ね、生温かな唾液に濡れた舌を舐め回し、甘い刺激の息で鼻腔を満たした。

「ンン……！」

礼香も執拗《しつよう》に舌をからめて呻きながら、彼の背に爪まで立てて、膣内の収縮を高めていった。

「ああ……、も、もう駄目……。いく……！」

口を離すと彼女が激しく喘ぎ、とうとうガクガクと狂おしい痙攣を起こして気を遣ってしまった。

甚介も、彼女の唾液に濡れた唇に鼻を擦りつけ、花粉臭の吐息を胸いっぱいに嗅ぎながら股間をぶつけ、続けて昇り詰めてしまった。

「く……！」

絶頂の快感に呻き、ありったけの熱い精汁をドクンドクンと勢いよく内部にほとばしらせた。

「アア、熱い……。もっと……」

噴出を感じた礼香が口走り、さらにキュッときつく締め付けてきた。

甚介は心ゆくまで快感を嚙み締め、最後の一滴まで出し尽くしていった。

満足しながら徐々に動きを弱め、力を抜いて礼香にもたれかかっていくと、

「ああ……、良かった……」

彼女も声を洩らし、グッタリと身を投げ出していった。

まだ膣内は名残惜《なごりお》しげな収縮を繰り返し、一物が過敏にヒクヒクと中で跳ね上がった。

甚介は遠慮なく身体を預け、礼香の喘ぐ口に鼻を押しつけ、かぐわしい息を嗅いで鼻腔を湿らせながら、うっとりと余韻を味わったのだった。

やがて呼吸を整えると、彼は股間を引き離してゴロリと添い寝した。すると礼香が懐紙を手にし、互いの股間を手探りで拭った。

「もう動きたくない。このまま眠ろう……」

彼女が言うので、甚介も掻巻《かいまき》を引き寄せ、そのまま肌をくっつけて寝ることにしたのだった……。


——翌朝、二人は早く目覚めて身繕いをした。

「では、私は行きますので、どうかお気をつけて」

「ああ、甚介も気をつけて帰れ」

甚介が言うと礼香が言い、美香も出てきて見送ってくれた。

彼は八王子の宿を出ると、冥王丸の力を借りて、猛然たる速さで間道を北へ向かった。

途中、薩長軍に出会うこともなく、甚介は村へと戻った。

「おお、心配していたぞ。どうしていたのだ」

庄右衛門が出迎え、賀夜と千枝も甚介の顔を見て安堵《あんど》していた。

「申し訳ありません。幕軍と薩摩軍の両方と交渉し、八王子の陣屋に泊まっていました」

「なに、両方と……」

庄右衛門が目を丸くし、茶を運んできた賀夜と千枝も座って話を聞いた。

「はい、東征軍と話し合い、どの村にも立ち寄ることなく、雲井村に集結してもらうよう説得しました。幕軍も八王子まで撤退し、江戸での今後はどうなるか分かりませんが、青梅は安全です」

「そうか、無人の雲井なら我らに迷惑は及ぶまい。しかし、良く無事に戻ってくれた」

　庄右衛門は言い、あらためて甚介を見直したようだった。

「とにかく、婚礼が近いのだからな、もう危ないところへは行かないでくれ」

「承知しました」

　言われて、甚介も素直に答えた。そして、早く可憐な千枝を抱きたいと思い、股間を熱くさせてしまったのだった。

第六章　果てしなき淫欲の日々

一

「少しの間に、ずいぶん立派になりましたね」

甚介が実家へ行くと、兄嫁の花が言った。

いよいよ明日は婚礼の日なので、最後に家へ挨拶《あいさつ》に来たのである。

今日も二人の赤ん坊は眠ったばかりだし、兄の喜助も挨拶を終えると畑へと出て行った。

「本当に、うちの人の弟なのかしら」

「とんでもない、兄にはずいぶんお世話になったから、今の私があるのです。とにかく明日は、よろしくお願いします」

甚介は言い、花の淫気を感じ取っていた。

彼女もにじり寄り、甘ったるい匂いを漂わせた。

「いいかしら。また少しだけ、お乳を……」

「ええ、もちろんです」

彼が答えると、花はすぐにも胸をはだけ、白く豊かな乳房を露《あら》わにした。

甚介も全裸になって布団に添い寝し、濃く色づいてポツンと乳汁《ちしる》の滲《にじ》んでいる乳首に吸い付いていった。

「アア……、いい気持ち……」

花がうっとりと喘《あえ》ぎ、彼の顔を胸に掻き抱いた。

甚介も、甘ったるく濃厚な体臭に包まれながら夢中で吸い、滲んでくる生ぬるく薄甘い乳汁でうっとりと喉を潤《うるお》した。

彼女も膨《ふく》らみを揉《も》みしだいて分泌を促し、彼は充分に飲むともう片方の乳首も含んで、心ゆくまで乳汁を味わった。

花も、前回以来またの機会を待ち焦《こ》がれ悶々《もんもん》としていたようで、すぐにも燃え上がりクネクネと身悶《みもだ》えていた。

左右の乳首を味わってから、甚介は花の乱れた着物に潜り込み、腋《わき》の下にも鼻を埋め込んで嗅《か》いだ。

腋毛に籠もった濃厚に甘ったるい汗の匂いに噎《む》せ返り、胸を満たしてから、白く滑《なめ》らかな肌を舐め下りていった。

腹まで行くと帯と着物に阻《はば》まれ、彼は足の方に回り込んで指先を嗅ぎ、蒸《む》れた匂いに酔いしれながら爪先をしゃぶった。

「あう、駄目……。やがて名主《なぬし》様になるんだから、そんなこと……」

花が呻《うめ》いたが、もちろん拒《こば》むことはせず、身を投げ出してされるままになってくれた。

甚介は両足とも指の股を味わい、脚の内側を舐め上げて股間に進んでいった。

白くムッチリした内腿を舐め上げ、熱気と湿り気の籠もる陰戸《ほと》に迫ると、すでにそこは大量の淫水に潤っていた。

完全に裾《すそ》をめくり上げて両脚を浮かせ、豊かな尻の谷間に鼻を埋め、蕾《つぼみ》に籠もった匂いで鼻《び》腔《こう》を刺激され、念入りに舌を這わせた。

「く……」

ヌルッと舌を潜り込ませて粘膜を探ると、花が呻き、キュッと肛門を締め付けてきた。甚介は舌を蠢《うごめ》かせてから、ようやく脚を下ろして舌を陰戸に這い回らせていった。

柔らかな茂みに鼻を擦《こす》りつけ、隅々に生ぬるく籠もった汗とゆばりの匂いを貪《むさぼ》り、舌を挿《さ》し入れて淡い酸味のヌメリを掻き回した。

息づく膣口から、ゆっくりオサネまで舐め上げていくと、

「アアッ……。い、いい……！」

花がビクッとのけぞり、内腿で彼の顔を挟み付けながら熱く喘いだ。

甚介も執拗《しつよう》にオサネを吸い、そのまま身を反転させて自分の股間を彼女の鼻先に迫らせていった。

「ンン……」

花もすぐに亀頭にしゃぶり付いて熱く鼻を鳴らし、二人は互いの内腿を枕に二つ巴《どもえ》の体勢で、最も感じる部分を舐め合った。

強くオサネを吸って舌で弾くと、花も反射的にチュッと強く亀頭に吸い付き、そのまま根元まで呑み込んで舌をからめてくれた。

熱い鼻息でふぐりをくすぐられ、甚介は兄嫁の口の中で最大限に勃起しながら高まった。

溢《あふ》れる淫水をすすり、心ゆくまで悩ましい匂いを味わうと、

「も、もう駄目……」

やがて花がスポンと口を引き離して喘いだ。

甚介も身を起こし、彼女の股間に一物《いちもつ》を進め、先端を当ててゆっくり挿入していった。

ヌルヌルッと根元まで納めると、

「ああ……、感じる……」

花が、さすがに赤ん坊を起こさぬよう控えめな喘ぎ声で言い、キュッときつく締め付けてきた。甚介も股間を密着させ、感触と温もりを味わいながら身を重ねていった。

彼女も両手を回して激しくしがみつき、待ちきれないようにズンズンと股間を突き上げてきた。

甚介も合わせて腰を遣《つか》い、上から唇を重ねていった。

熱く湿り気ある息が甘い匂いを含んで鼻腔を刺激し、彼は生温かな唾液をすすりながら動きを速めていった。

「い、いきそう……」

舌をからめていた花が口を離して顔をのけぞらせ、声を震わせて膣内の収縮を活発にさせた。

甚介は甘い息を嗅ぎながら高まり、股間をぶつけるように激しい律動を繰り返すと、粗相《そそう》したように大量に溢れる淫水がクチュクチュと鳴り、彼女がガクガクと狂おしい痙攣《けいれん》を開始した。

「い、いく……。アアーッ……！」

たちまち気を遣《や》ってしまい、彼女は甚介の下で乱れに乱れた。

彼も続いて絶頂を迎え、大きな快感とともに熱い精汁をドクンドクンと勢いよく内部にほとばしらせた。

「あ……、出ている……。気持ちいい……」

噴出を感じた花が言い、なおもキュッキュッと締め付けながら悶え続けた。

甚介は快感を嚙み締め、心置きなく最後の一滴まで出し尽くし、満足しながら徐々に動きを弱めていった。

「アア……」

花もすっかり満足したように声を洩らし、力を抜いてグッタリと四肢を投げ出していった。

彼はもたれかかり、まだ息づく膣内でヒクヒクと幹を震わせ、熱く甘い息を嗅ぎながら、うっとりと快感の余韻を味わったのだった。

「ああ……。これからも、たまにでいいから出来ないかしら……」

花が、呼吸を整えながら言った。

「ええ、たまには顔を出しますので」

甚介は答え、そろそろと股間を引き離し、懐紙《かいし》で手早く一物を始末すると、兄嫁の陰戸も拭き清めてやった。

ようやく花が身を起こして乱れた着物と髪を直し、甚介も身繕《みづくろ》いした。

やがて甚介は実家を辞し、真っ直ぐ名主の屋敷へ戻ったのだった。

二

「祝言《しゅうげん》は明日だろう。祝いを持ってきた」

昼過ぎ、礼香と美香が、一斗樽《いっとだる》を背負って来てくれた。

賀夜は恐縮して茶の仕度をしたが、

「いや、少々甚介と軍議があるので離れを借りたい。話が済めば、すぐに引き上げる」

それを制して礼香が言い、やがて甚介は三人で離れへと行った。

庄右衛門は千枝を連れて近在へと挨拶に出向き、賀夜も明日の仕度があって忙しいので、軍議と言われなくても離れへ来るような暇はないだろう。

「我々は、八王子を引き上げて上野へ行くことになった」

「そうですか……」

上野で、幕軍と薩長軍の戦《いくさ》があることを知っている甚介は顔を曇らせた。

「幕臣たちで、彰義隊を結成することになったのだ」

「何とか、女ということで抜けることは出来ないのでしょうか。あと半年ばかりで世の中も変わると思うのですが」

「それは無理だ。女とはいえ、武芸一筋に生きてきた面目がある。だが待て、あと半年で変わるとはどういうことか」

礼香が、眉を険《けわ》しくさせて訊いてきた。

「西洋の風習を取り入れた、新時代が来るという神の啓示が」

「ふん、確かに戦も槍《やり》や刀の時代ではなくなり、洋式銃が主流になりつつある。だが武士道は永遠に変わることはない。神の啓示などで、いちいち生き様が変えられるか」

礼香は言い、美香も重々しく頷《うなず》いた。

「あの見張り台、もう使うことはない。村の憩《いこ》いの場にでもするが良い」

「分かりました」

「さっき持ってきた酒、勝先生や近藤先生からの心付けも入っている」

「有難うございます」

「お前を仲間にしたかったが、それも叶《かな》わぬなら今日これきりの別れとなろう。もし生き延びたら、いつの日かまた訪ねてくる」

「はい」

「ほんの少しだけ良いか」

礼香は話を打ち切ると、大小を置いてにじり寄ってきた。すると美香も同じようにし、二人で甚介を抱きすくめてきた。

二人も、話などより淫気の解消が目的だったようだ。

甚介も股間を熱くさせると、二人は同時に彼の顔を抱えて唇を重ねてきた。

すぐにも舌が伸ばされ、争うように甚介の口に侵入して蠢き、彼もそれぞれの舌を舐め回して、混じり合った唾液を味わった。

「ンン……」

二人は熱く鼻を鳴らし、生温かな唾液に濡れた舌を滑らかに動かした。

甚介の左右の鼻の穴に、礼香の甘い花粉臭の息と、美香の甘酸っぱい果実臭の息が入り込み、内部で悩ましく混じり合い胸に沁み込んでいった。

さらに二人は甚介を押し倒し、上からグイグイと唇を押しつけながら、彼の帯を解き、裾をめくって下帯《したおび》まで取り去ってしまった。

そして二人も舌をからめながら袴を脱ぎ、たちまち室内には女の匂いが生ぬるく立ち籠めていった。

「もっと唾《つば》を……」

甚介が囁くと、二人も懸命に分泌させ、小泡の多い粘液をトロトロと彼の口に吐き出してくれた。

彼は混じり合った唾液を味わい、うっとりと酔いしれた。

すると二人は顔を上げ、美香が甚介の一物にしゃぶり付き、礼香は大胆に彼の顔に跨《また》がってきた。

快感の中心がスッポリと美香の口腔《こうこう》に根元まで納まり、同時に鼻と口に礼香の股間が押しつけられた。

「く……」

甚介は快感に呻きながら、礼香の茂みに籠もる匂いに包まれ、舌を這わせた。

今日も礼香の恥毛には汗とゆばりの匂いが馥郁《ふくいく》と籠もり、柔肉は淡い酸味のヌメリに満ちていた。

ツンと突き立った大きなオサネに吸い付き、小刻みに舌を這わせると、

「アア……、いい気持ち……」

礼香がうっとりと喘ぎ、さらにグイグイと股間を押しつけてきた。

さらに尻の谷間にも潜り込み、生々しい匂いの籠もる蕾を舐め回し、ヌルッとした粘膜を探ると、

「あう、もう良い……」

すっかり高まった礼香が言って股間を引き離してきた。

美香がスポンと口を離すと、すかさず礼香がしゃぶり付き、美香が彼の顔に陰戸を押しつけてきた。

やはり似ているようで、茂みの匂いや淫水の味、しゃぶり付く口の温もりや舌の感触などは微妙に異なり、どちらも心地よかった。

「ンン……」

礼香もスッポリと根元まで呑み込み、熱く鼻を鳴らして吸い付きながら、クチュクチュと執拗に舌をからめて、一物を温かな唾液にまみれさせた。

「アア……、いい……」

美香もオサネを舐められて喘ぎ、甚介は恥毛に沁み付いた匂いを貪り、溢れる淫水をすすった。

もちろん美香の尻の真下にも潜り込んで顔中に双丘を受け、蕾に籠もった匂いを貪ってから舌を這わせた。

「あう……」

ヌルッと潜り込ませて粘膜を味わうと、美香が呻いてキュッと肛門で舌先を締め付けてきた。

すると、充分にしゃぶった礼香が口を離して起き上がり、跨がって上から挿入していった。一物は、ヌルヌルッと滑らかに根元まで潜り込み、礼香はピッタリと股間を密着させた。

「ああ……、気持ちいい。すぐいきそう……」

礼香は喘ぎ、モグモグと味わうように膣内を収縮させながら股間を上下させはじめた。甚介も、二人いるから暴発を堪《こら》え、美香の股間の前後を心ゆくまで味わった。

「い、いく……。アアーッ……!」

たちまち礼香が熱く喘ぎ、大量の淫水を漏らしながら気を遣ってしまった。

彼女は美香の背にもたれかかりながらガクガクと痙攣し、すっかり快感を味わうと、それ以上の刺激を避けるように自ら股間を引き離した。

すると美香が彼の顔から離れ、続いて挿入しようとした。

「待って、足を嗅ぎたい……」

甚介は言い、美香の足首を摑んで引き寄せ、さらにグッタリしている礼香の足も求めた。どちらの足指の股もジットリと汗と脂《あぶら》に湿り、ムレムレの匂いが濃く沁み付いていた。

彼は充分に嗅いでから爪先をしゃぶった。武家女を味わうのも最後かも知れないのだ。

すると焦《じ》れたように美香が身を起こし、礼香の淫水にまみれて湯気さえ立てている一物に跨がり、同じように膣内に受け入れていった。

「ああッ……！」

ヌルヌルッと根元まで嵌《は》め込むと、美香が顔をのけぞらせて喘いだ。

完全に股間を密着させて身を重ねてきたので、甚介も温もりと感触を味わいながら抱き寄せ、顔を起こして乳首に吸い付いていった。

すると、呼吸を整えていた礼香も胸を突き出し、割り込んできたのだった。

甚介は二人の乳首を順々に含んで吸い、充分に舌で転がしながら顔中で膨らみの感触を味わった。

さらに二人の腋の下にも鼻を埋め、腋毛に籠もった濃厚に甘ったるい汗の匂いに噎せ返り、心ゆくまで胸を満たした。

その間も、美香は徐々に腰を遣いはじめ、何とも心地よい肉襞の摩擦を与えてくれていた。

いよいよ甚介も限界を迫らせ、美香を抱きすくめながらズンズンと股間を突き上げた。

そして美香の顔を引き寄せて唇を求めると、添い寝した礼香も顔を寄せ、また一緒に舌をからめてきたのである。

甚介は、二人分の舌を舐め、混じり合った唾液でうっとりと喉を潤し、それぞれのかぐわしい息を嗅ぎながら高まっていった。

「舐めて。顔中ヌルヌルにして……」

息を弾ませて言うと、二人も形良い唇をすぼめてトロリと唾液を垂らし、それを舌で顔中にヌラヌラと塗り付けてくれた。

二人分の唾液と吐息の匂いで鼻腔を満たし、甚介は突き上げを速めていった。

「い、いっちゃう……。ああーッ……！」

すると、先に美香が気を遣ってしまい、声を震わせながらガクガクと痙攣を開始した。

甚介も、膣内の艶《なま》めかしい収縮に巻き込まれ、続いて絶頂に達し、大きな快感の中で勢いよく射精した。

「あう、熱い。感じる……！」

噴出を受け止めた美香が口走り、さらにキュッキュッときつく締め上げた。

彼は二人の顔を引き寄せ、唾液と吐息の匂いに包まれながら快感を味わい、最後の一滴まで出し尽くしていった。

そして突き上げを弱めていくと、

「アア……」

美香は支えを失ったように力を抜き、切なげに声を洩らしてグッタリと身を預けてきた。

甚介は重みを受け止め、二人分の温もりを感じながら、収縮する膣内でヒクヒクと過敏に幹を震わせた。

そして彼は、美女たちの混じり合ったかぐわしい息を嗅ぎながら余韻を味わったのだった。

美香は荒い息遣いを繰り返し、未練を断ち切るように股間を引き離すと、やがて二人で顔を寄せ合い、淫水と精汁にまみれた一物を舐めて綺麗にしてくれたのだった。

「あうう……。も、もういいです……」

甚介が腰をよじりながら言うと、ようやく二人も顔を上げて、残り香を味わうようにチロリと舌なめずりした。

「ああ、これで心置きなく死ねる。甚介、お前に会えて良かった」

「ええ、私もです」

礼香と美香が言い、一緒に身繕いをした。

甚介もようやく呼吸を整えて身を起こし、下帯と着物を着けた。

「では甚介、さらばだ」

二人は言い、立ち上がって大小を帯びた。

「どうか、お二人とも、生きてまた会いましょうね……」

甚介も答え、やがて出て行く二人を見送ったのであった。

三

「いよいよ明日ですね……」

夜半、寝巻姿の賀夜が、甚介の離れに来て言った。

千枝は、今宵《こよい》だけは庄右衛門の部屋で寝て、あれこれ思い出話をしてから眠ったようだった。

ずっと同じこの屋敷に住むのだが、やはり婿《むこ》を迎えて夫婦《めおと》になるというのは気分が違うのだろう。

「ええ、何だか緊張します」

甚介は答え、早くも股間が熱くなってきてしまった。

何しろ昼前には兄嫁、夜は義母と情交してしまうのである。

しかも昼過ぎには二人の武家女まで相手にしたのだが、それでも冥王丸の力で全く疲れはない。

「明日からは本当の息子になるのね……」

賀夜が言い、甚介は明日以降でもまた求め合ってしまうだろうと思った。

やがて彼女が帯を解いて寝巻を脱ぎ去ると、甚介も全裸になって布団に横になった。

すぐにも賀夜が添い寝し、腕枕して彼の頬を撫《な》でて顔を寄せた。

「ああ、こんなに可愛くて賢い子が息子に……」

熱く甘い息で囁きながら、鼻の頭から額までヌラリと舐め上げてきた。

甚介も快感にビクリと肩をすくめ、鼻先にある乳首にチュッと吸い付いて舌で転がした。

「アア……、もっと強く吸って……」

賀夜が声を震わせると、甚介も彼女を仰向けにさせてのしかかり、左右の乳首を交互に含んでは強く吸い、舌を這い回らせた。

顔中で豊かな膨らみを味わってから、腋の下にも鼻を埋め込み、腋毛に籠もった濃厚に甘ったるい汗の匂いを貪った。吸い込むたびに刺激が一物に伝わり、はち切れそうに勃起してきた。

そして彼は白く滑らかな熟れ肌を舐め下り、臍《へそ》から腰、脚をたどっていった。

足裏を舐めて指に鼻を割り込ませ、蒸れた匂いを嗅いでから爪先にしゃぶり付き、両足とも全ての指の股を舐め回した。

「ああ……、くすぐったい……」

賀夜がヒクヒクと脚を震わせながら喘ぎ、やがて彼は脚の内側を舐め上げて股間に顔を進めていった。

大股開きにさせ、内腿を舐め上げて陰戸に迫ると、

「アア……」

彼の視線と息を感じただけで、賀夜は熱く喘いで、白い下腹をヒクヒク波打たせた。熟れた柔肉は、大量の蜜汁にヌラヌラとまみれて潤い、熱気と湿り気を籠もらせていた。

甚介は顔を埋め込み、黒々と艶《つや》のある茂みに鼻を擦りつけ、甘ったるい汗の匂いとゆばりの刺激を嗅ぎながら、舌を挿し入れていった。

千枝が生まれ出た膣口の襞をクチュクチュ掻き回し、淡い酸味のヌメリをすってからオサネまで舐め上げていった。

「あう……、いい気持ち……」

賀夜が顔をのけぞらせて呻き、内腿でムッチリと彼の両頰を挟み付けてきた。

甚介も執拗にオサネを吸い、舌で弾くように愛撫してから、彼女の両脚を浮かせて豊満な尻の谷間に鼻を埋め込んだ。

桃色の蕾に籠もった匂いで鼻腔を満たし、舌先でチロチロ舐め回してからヌルッと潜り込ませると、

「く……、駄目……」

賀夜が呻き、キュッと肛門で舌先を締め付けてきた。

甚介は舌を蠢かせて滑らかな粘膜を味わい、やがて再び陰戸に戻ってヌメリを味わい、オサネに吸い付いた。

「い、いきそう……。今度は私が……」

賀夜が懸命に絶頂を堪えて言い、身を起こしてきた。

彼も入れ替わりに仰向けになると、賀夜がすぐにも屈《かが》み込んで、張りつめた亀頭にしゃぶり付いた。

「ンン……」

根元までスッポリと呑み込むと、賀夜は熱く鼻を鳴らしながら幹を締め付けて吸い、クチュクチュと舌をからみつかせてきた。

「ああ……」

甚介も快感に喘ぎ、股間に熱い息を受けながら彼女の口の中でヒクヒクと幹を震わせた。

賀夜は何度か顔を上下させ、スポスポと濡れた口で摩擦していたが、もう強《こわ》ばりも潤いも充分と思ってスポンと口を離した。

「入れたいわ……」

「どうか、上から……」

「いい？　これからは男が上になるのよ。私が上からするのはこれが最後」

賀夜は言って跨がると、唾液に濡れた先端に陰戸を押しつけてきた。

息を詰めて、ゆっくり腰を沈ませてくると、屹立した一物はヌルヌルッと肉襞の摩擦を受けながら、滑らかに根元まで呑み込まれていった。

「アアッ……、奥まで響くわ……」

完全に座り込み、股間を密着させた賀夜が顔をのけぞらせて喘いだ。

甚介も、締め付けと温もりに包まれながら快感を嚙み締めた。

賀夜が身を重ねると、彼も両手を回して抱き留めた。すると彼女は、すぐにも腰を遣いはじめ、何とも心地よい摩擦を繰り返した。

彼がズンズンと股間を突き上げて動きを合わせると、溢れる淫水がクチュクチュと鳴り、彼のふぐりにまで伝い流れてきた。

下から唇を求めると、賀夜もピッタリと唇を重ね合わせてくれた。

ヌルリと舌を潜り込ませると、彼女もネットリとからみつけて吸い、甚介は生温かな唾液と舌のヌメリを味わった。

「唾を飲ませて……」

唇を触れ合わせながら囁くと、賀夜もトロトロと口移しに注いでくれた。

甚介は生温かくネットリとした唾液を味わい、喉を潤した。

「顔中にも……」

さらにせがむと彼女はぽってりとした肉厚の舌を這い回らせ、顔中をヌルヌルにまみれさせてくれた。

「い、いきそう……」

やがて賀夜が口を離して言い、股間をしゃくり上げるように動かして収縮を高めていった。

色っぽい唇から吐き出される息が、白粉《おしろい》のような甘さを含んで彼の鼻腔を悩ましく刺激してきた。次第に彼が突き上げを小刻みに激しくさせていくと、

「い、いっちゃう……。気持ちいいわ……。ああーッ……！」

たちまち彼女は気を遣って声を上ずらせ、ガクガクと狂おしい痙攣を開始したのだった。

甚介も心地よい摩擦と収縮に巻き込まれ、続いて絶頂に達し、ありったけの熱い精汁をドクンドクンと勢いよく内部にほとばしらせてしまった。

「あう、もっと……！」

噴出を感じた賀夜が呻き、若い精汁を味わうようにキュッキュッときつく締め上げてきた。甚介も快感に身悶えながら下からしがみつき、心置きなく最後の一滴まで出し尽くしていった。

力を抜いて身を投げ出すと、賀夜も熱れ肌の硬直を解いて、グッタリと彼にもたれかかってきた。

甚介は膣内でヒクヒクと幹を過敏に震わせ、義母の甘い息を間近に嗅ぎながらうっとりと快感の余韻を味わったのだった……。

四

「いやあ、目出度《めでた》い。三国一の花婿じゃのう」

翌日の婚儀で、集まった村の老人が上機嫌で言った。

綿帽子姿《わたぼうしすがた》の千枝は、ほんのり頰を染めて俯《うつむ》き、静かに座っていた。

甚介も、さすがに皆の注目を浴びて面映《おもは》ゆく、酒を注がれては飲み干し、夢のような我が身を振り返っていた。

兄の喜助や兄嫁の花も、赤ん坊を抱きながら料理をつまみ、庄右衛門と賀夜も実に嬉《うれ》しそうであった。

そして庄右衛門が皆に、腰の具合も良くないので名主の職は隠居し、まだ若いがしっかり者の甚介にあとを任せることを宣言した。

むろん甚介の聡明さと、昨今の活躍は村人の誰もが知っているので異を唱えるものもなく、祝言は滞《とどこお》りなく済んだのだった。

やがて料理もあらかたなくなると、来客も順々に帰ってゆき、賀夜と奉公人たちは後片付けをした。

甚介も紋付き袴を脱いで入浴し、晴れて新居となった離れで待つと、やがて新品の寝巻姿になった千枝も入って来た。

「やっと終わったね。疲れただろう」

「いえ、大丈夫です。旦那《だんな》様こそお疲れでは」

「そんな、堅苦しい言い方をしなくていいよ。出来れば今まで通りで」

「そうはいきません。おっかさんからきつく言われてますので」

千枝が言い、日頃とは打って変わった雰囲気に甚介は激しく欲情してきた。

「とにかく、仲良くやっていこう。先は長い」

「はい……」

「じゃ、こっちへ」

甚介は言って寝床に招くと、千枝も生娘《きむすめ》に戻ったような神妙な面持《おもも》ちで横になった。

彼女も湯上がりだから、匂いが薄いのは仕方がないだろう。

どうせ今後一生ともに暮らすのだから、そうそう何もかも貪欲《どんよく》に求めなくても時間と機会は山ほどある。そして、いずれは女というより肉親感覚に近くなってしまうのだろう。

本当は、花嫁衣装の彼女を抱きたかったが、婚儀が済めば脱いでしまうのだから、それもまた仕方のないことだった。

千枝は長い睫毛《まつげ》を伏せ、じっとしていた。

風呂上がりに薄化粧を施《ほどこ》し、唇が赤く、やはり今までとは気分が違い、彼は激しく勃起してきた。

帯を解いて寝巻を左右に開くと、千枝は下に何も着けていなかった。

甚介も手早く寝巻を脱ぎ去って全裸になると、彼女の白い乳房に覆《おお》いかぶさっていった。

桜色の乳首にチュッと吸い付いて舌で転がし、もう片方の膨らみも優しく揉みしだきながら、湯上がりだがうっすらと匂う体臭を味わった。

「ああ……」

千枝がか細く喘いだ。晴れて夫婦になると、彼女もまた今までとは全く気分が違うのだろう。

甚介も生娘を相手にするように、左右の乳首を優しく含んで舐め回し、腋の下にも鼻を埋めて甘い匂いを嗅ぎ、白く滑らかな肌を舐め下りていった。

愛らしい臍を舌先で探り、張りつめた下腹から腰、ムッチリと張りのある太腿に下り、足首まで味わった。

指の股に鼻を割り込ませて嗅いだが、残念ながらほとんど無臭。何とも、初夜に相応《ふさわ》しい清らかな花嫁であった。

やがて脚の内側を舐め上げ、滑らかな内腿をたどって陰戸に迫ると、そこはもう蜜汁が大洪水になり、ここだけはすでに充分すぎるほど快楽を知っている女の柔肉であった。

柔らかな恥毛に鼻を擦りつけて嗅ぐと、湯上がりの匂いに混じり、ほんのりと千枝本来の匂いが甘く感じられた。

舌を挿し入れて膣口の襞をクチュクチュ探ると、生ぬるく淡い酸味の潤いが動きを滑らかにさせた。そのままヌメリを掬《すく》い取り、ゆっくりとオサネまで舐め上げていくと、

「アアッ……！」

千枝がビクッと顔をのけぞらせて喘ぎ、内腿でキュッと彼の両頬を挟み付けてきた。

甚介はチロチロと舌先でオサネを弾くように舐め、濡れた膣口に指を挿し入れて内壁を小刻みに擦った。さらに奥へ押し込んで、天井の膨らみを指の腹で圧迫しながらオサネを吸った。

「い、いきそう……！」

千枝が絶頂を迫らせて口走り、クネクネと腰をよじって彼の顔を股間から追い出した。

甚介も移動して添い寝し、仰向けになって彼女の顔を股間へと押しやった。

千枝は素直に顔を移動させ、屹立した先端にしゃぶり付いてきた。

熱い息が股間に籠もり、唾液に濡れた滑らかな舌が亀頭に這い、やがて丸く開いた口でスッポリと根元まで呑み込んでくれた。

幹を締め付けながら、笑窪《えくぼ》の浮かぶ頬をすぼめて吸い付き、口の中ではクチュクチュと舌がからみついて、たちまち肉棒は新妻の清らかな唾液に生温かくまみれた。

「ああ、気持ちいい……」

甚介は快感に喘ぎ、ズンズンと小刻みに股間を突き上げはじめた。

「ンン……」

喉の奥を突かれた千枝は、小さく呻いて新たな唾液をたっぷり溢れさせ、動きに合わせて顔を上下させてくれた。濡れた唇がスポスポと心地よい摩擦を繰り返し、彼も充分に高まっていった。

「い、入れたい。上から跨いで」

「いけません。私が下です」

言うと、千枝がチュパッと口を引き離して答えた。

「今日だけ上で」

「駄目です。旦那様を跨ぐことは出来ません」

千枝は言い、彼の股間を離れて添い寝してきた。

それが彼女の、妻としてのけじめなのだろうから深追いせず、仕方なく甚介は入れ替わりに身を起こした。

股を開かせて股間を進め、唾液に濡れた先端を陰戸に押しつけた。

ヌメリを混ぜるように擦って位置を定めると、彼はゆっくり千枝の膣口に挿入していった。

張りつめた亀頭が潜り込むと、あとは潤いに任せてヌルヌルッと滑らかに根元まで吸い込まれた。

「アアッ……！」

千枝が熱く喘ぎ、彼が身を重ねると下から両手でしがみついてきた。

甚介も股間を密着させ、温もりと感触を味わいながらのしかかった。

胸の下では柔らかな乳房が押し潰《つぶ》れて弾み、恥毛が擦れ合い、コリコリする恥骨の膨らみも伝わってきた。

甚介は徐々に腰を突き動かして肉襞の摩擦と潤いを味わい、果てそうになるとまた動きを弱めた。

「い、いきそう……」

千枝が薄目で彼を見上げながら言った。

喘ぐ口に鼻を押しつけて嗅ぐと、千枝の息は今日も熱く湿り気があり、甘酸っぱい匂いが含まれていた。

可愛い果実臭を胸いっぱいに嗅ぎながら、彼も次第に勢いをつけて腰を遣い、唇を重ねてネットリと舌をからめた。

「ンン……」

千枝も熱く鼻を鳴らし、彼の舌に吸い付きながらズンズンと股間を突き上げはじめた。

大量に溢れる蜜汁が互いの動きを滑らかにさせ、クチュクチュと淫らに湿った摩擦音も響いてきた。

「舐めて……」

高まりながら千枝の口に鼻を押しつけると、彼女もヌラヌラと舌を這わせてくれ、甚介は吐息と唾液の匂いに包まれて絶頂を迫らせていった。

なおも股間をぶつけるように激しく突くと、

「い、いく……。アアーッ……！」

とうとう千枝が気を遣り、喘ぎながらガクガクと狂おしい痙攣を開始した。

膣内の収縮が最高潮になり、彼女の絶頂に巻き込まれるように、続いて甚介も大きな快感に全身を貫かれてしまった。

「く……！」

呻きながら、熱い大量の精汁をドクンドクンと勢いよく柔肉の奥へほとばしらせ、奥深い部分を直撃した。

「あう……、熱い……」

噴出を受け止めた千枝が、駄目押しの快感に呻いてキュッと締め付けた。

甚介は心地よい収縮の中で激しく律動し、心置きなく最後の一滴まで出し尽くしていった。

満足しながら徐々に動きを弱めていくと、

「ああ……」

千枝もうっとりと声を洩らし、肌の強ばりを解いてグッタリと力を抜いていった。重なったまま完全に動きを止めると、まだ息づくような収縮の中で、過敏になった一物がヒクヒクと震えた。

そして彼は、千枝の吐き出す甘酸っぱい息を間近に嗅いで胸を満たしながら、心地よい余韻に浸っていったのだった。

「いま、孕《はら》んだような気がします……」

息を弾ませながら、千枝が囁いた。

「そうか。きっと良い子が出来ることだろう」

甚介も答え、これから脈々と家が続き、美百合の世界にまで繋がっていくのだろうと思った……。

五

「まあ、名主になったのですか。まだ二十歳《はたち》前なのに、やはりこの時代の方は皆しっかりしているのですね」

甚介が山中の美百合を訪ねていくと、彼女が言った。

「美百合様、どうなさったのです……」

彼は、小屋の中を見回して言った。刀鍛冶《かたなかじ》の道具も彼女の私物もなく、やけにがらんとしていたのだ。美百合はいつもの白い着物に袴で、あとは布団があるだけだった。

「時を越える力が薄れてきたので、もう引き上げようかと思います」

「そ、そうなのですか。では、百五十年先の世へ行って、もうこちらへは戻られない……？」

言われて、甚介は急激な寂しさに襲われた。

何と言っても美百合は、甚介にとって最初の女であり、全ての幸運を与えてくれた女神様なのである。

「ええ、あなたに冥王丸を渡し、名主になって村々を守る基盤が出来たところで私の役目も終わったようなのです」

美百合が言う。

「ではこれからは……」

「私は百五十年先の世界で、また一から刀鍛冶の修行をすることにします。色んな時代に飛んで多くの男に出会ったけれど、やはり自分の世界で相手を見つけなければ」

「そうですか……。いえ、美百合様の幸せのためならば、寂しさにも耐えられます……」

甚介は答え、寂しい気持ちとは反対に、股間の一物はムクムクと雄々《おお》しく勃起してきてしまった。

美百合も察して袴を脱ぎはじめたので、甚介は手早く全裸になり、彼女の体臭の沁み付いた布団に仰向けになった。

やがて美百合も一糸《いっし》まとわぬ姿になったので、

「どうか、ここへ座ってください」

甚介は仰向けになり、自分の下腹を指して言った。

「こう？　重いわよ……」

美百合は言い、ためらいなく彼の腹に跨がると、しゃがみ込んで股間を密着させてきた。甚介は立てた両膝に彼女を寄りかからせ、両足首を摑んで顔に引き寄せた。

「ああ……」

美百合が熱く喘ぎ、彼の上に身を預けながら、下腹に濡れた陰戸を押しつけた。甚介も重みと温もりを受け止め、顔に乗った両の足裏に舌を這わせ、指の股に鼻を割り込ませた。

今日も美百合の指の間は生ぬるい汗と脂にジットリ湿り、蒸れた匂いが濃厚に沁み付いていた。彼は匂いを貪り、爪先にしゃぶり付いて全ての指の股に舌を潜り込ませて味わった。

美百合がビクリと反応するたび、密着した陰戸の潤いが増し、甚介は激しく勃起した幹を上下させて彼女の腰を叩いた。

「アア、くすぐったいわ……」

「では、どうか前へ」

言うと彼女も腰を浮かせ、甚介の上を前進して顔に跨がってきた。

しゃがみ込むと、スラリとした脚がムッチリと張りつめ、熱気の籠もる陰戸が鼻先に迫った。

はみ出した陰唇を指で左右に広げると、ヌメヌメと潤う桃色の柔肉と、息づく膣口に光沢あるオサネが丸見えになった。

腰を抱き寄せて恥毛の丘に鼻を埋め込んで嗅ぐと、汗とゆばりの匂いが馥郁と鼻腔を刺激してきた。

胸を満たしながら舌を挿し入れ、生ぬるく淡い酸味のヌメリを掻き回しながら膣口からオサネまで舐め上げていった。

「あう……、いい気持ち……」

美百合が呻き、思わずギュッと座り込みそうになりながら、懸命に彼の顔の左右で両足を踏ん張った。

淫水の量が増し、甚介はうっとりとすすってオサネを舐め回してから、さらに白く丸い尻の真下に潜り込んでいった。

顔中に双丘を受け止め、谷間の蕾に鼻を埋めると秘めやかな匂いを嗅いで鼻腔を満たした。舌を這わせ、細かに震える襞を濡らしてヌルッと潜り込ませると、

「く……！」

美百合が呻き、キュッと肛門で舌先を締め付けてきた。

甚介が滑らかな粘膜を掻き回すように舌を蠢かせると、陰戸から溢れた淫水がトロリと鼻筋に滴《したた》ってきた。

彼は充分に味わってから、再び陰戸に舌を戻して大量のヌメリをすすり、オサネに吸い付いて匂いに酔いしれた。

「も、もう……」

美百合が、絶頂を迫らせたように腰をくねらせて言った。

「どうか、ゆばりを……」

真下から言うと、彼女も息を詰めて下腹に力を入れ、懸命に尿意を高めはじめてくれた。彼も執拗にオサネを吸い、柔肉を舐め続けると、次第に内部が蠢き、味わいと温もりが変わってきた。

「出るわ……」

彼女が言うなり、チョロチョロと温かな流れが甚介の口にほとばしってきた。

甚介も必死に受け止めて喉に流し込み、淡く上品な味と匂いを堪能した。

「ああ……、こぼしても構わないのよ……」

彼女が放尿しながら言う。もう、この小屋に戻らないつもりだから濡らしても良いのだろう。

しかし勢いが増しても甚介は受け止め、美女の出したものを全て飲み干してしまった。放尿が終わると、彼はポタポタ滴る雫《しずく》をすすり、舌を挿し入れて余りの潤いを味わった。

すると新たな淫水が溢れて、ヌラヌラと舌の動きが滑らかになった。

「も、もういいわ……」

美百合が言って股間を引き離し、そのまま彼の上を移動していった。甚介が大股開きになると、彼女は真ん中に腹這い、長い髪でサラリと内腿をくすぐった。

すると彼女は先に、甚介の両脚を浮かせて尻の谷間に舌を這わせてきた。

チロチロとくすぐってからヌルッと潜り込ませると、

「あう……！」

甚介は快感に呻き、美女の舌先を肛門でキュッと締め付けた。

美百合も厭《いと》わず中で舌を蠢かせ、熱い鼻息でふぐりをくすぐった。

彼は舌の動きに合わせ、内側から刺激された一物をヒクヒクと震わせた。

ようやく脚が下ろされると、彼女はふぐりを舐め回して睾丸《こうがん》を転がし、いよいよ肉棒の裏側を舐め上げてきた。

滑らかな舌が先端まで来ると、美百合は幹に指を添え、粘液の滲む鈴口《すずぐち》を丁寧に舐め、やがてスッポリと喉の奥まで呑み込んでいった。

温かく濡れた口の中でクチュクチュと舌がからみ、美百合は幹を締め付けて吸い、熱い鼻息で恥毛をくすぐった。

「ああ……、気持ちいい……」

甚介はうっとりと喘ぎ、唾液にまみれた幹を上下させた。

美百合はスポンと口を引き離すと身を起こし、そのまま前進して一物に跨がってきた。

先端に濡れた陰戸を押しつけ、味わうようにゆっくり腰を沈めると、彼自身はヌルヌルッと滑らかに根元まで呑み込まれていった。

「アアッ……、いいわ……」

美百合が顔をのけぞらせて喘ぎ、キュッと締め付けてきた。

甚介は温もりと感触を嚙み締め、両手を伸ばして彼女を抱き寄せた。

そして顔を上げ、左右の乳首を交互に含んで舌で転がし、顔中に密着する膨らみの柔らかな感触を味わった。

充分に両の乳首を味わってから、スベスベの腋の下に鼻を埋め、濃厚に甘ったるい汗の匂いを嗅ぎ、膣内で一物をヒクヒク震わせた。

「ああ……」

美百合が喘ぎ、徐々に腰を遣いはじめた。大量の淫水が動きを滑らかにさせ、彼のふぐりから肛門の方にまで生温かく伝い流れてきた。

甚介も両手を回して抱き留め、白い首筋を舐め上げて唇を求めた。

彼女も上からピッタリと唇を重ね、舌を挿し入れてきた。

滑らかに舌がからみ合い、生温かくトロリとした唾液が甚介の口に流れ込んできた。

彼はうっとりと味わって喉を潤し、さらに美百合の喘ぐ口に鼻を押し込み、熱く湿り気ある果実臭の息を胸いっぱいに嗅いだ。

股間を突き上げると、次第に互いの動きが一致して激しくなってきた。

「い、いきそう……。もっと突いて、強く奥まで……！」

美百合が声を上ずらせて言い、強く股間を擦りつけてきた。

甚介も高まり、なおも執拗に美百合の口に鼻を押しつけると、彼女もヌラヌラと舌を這わせてくれた。

「い、いく……！」

たちまち甚介は、美女の口の匂いと肉襞の摩擦に昇り詰め、声を洩らしながら熱い大量の精汁をドクンドクンと勢いよくほとばしらせてしまった。

「気持ちいい……。ああーッ……！」

美百合も噴出を受け止めた途端に気を遣り、声を上げながらガクガクと狂おしい痙攣を開始したのだった。

甚介は心ゆくまで快感を噛み締め、最後の一滴まで出し尽くした。

すっかり満足しながら突き上げを弱めると、美百合も肌の硬直を解いてグッタリとのしかかってきた。

重みと温もりを受け止め、まだ収縮する膣内に刺激され、一物を過敏にヒクヒク震わせた。そして力を抜き、甘い息の匂いを嗅ぎながら、うっとりと快感の余韻に浸り込んでいった。

気がつくと、重みと温もりが感じられなくなり、いつの間にか美百合の姿が消え失せていた。

「み、美百合様……」

甚介は脱力感をものともせず身を起こし、周囲を見回した。残っているのは、白い着物と袴だけだ。どうやら美百合は甚介を置いて、絶頂とともに百五十年後の世界に戻ってしまったようだ。

彼は溜息をついて身繕いをし、またいつ彼女が戻っても良いように、着物と袴を畳んでおいた。

そして腰に冥王丸を帯びて小屋を出ると、もう一度だけ振り返り、やがて甚介は村へと戻っていったのだった……。

コスミック・時代文庫

流星刀《りゅうせいとう》夢《ゆめ》しずく

【著 者】
睦《む》月《つき》影郎《かげろう》

【発行者】
杉原葉子

【発 行】
株式会社コスミック出版
〒154-0002 東京都世田谷区下馬 6-15-4
代表 TEL.03(5432)7081
営業 TEL.03(5432)7084
FAX.03(5432)7088
編集 TEL.03(5432)7086
FAX.03(5432)7090

【ホームページ】
http://www.cosmicpub.com/

【振替口座】
00110-8-611382

【印刷／製本】
中央精版印刷株式会社